目次

contents

マドンナメイト文庫

巨乳女探偵物語 孤島の秘祭

上田ながの

巨乳女探偵物語　孤島の秘祭

序章

「どうも、鬼崎《おにざき》さん、こんにちは。私はこういうものです」

アパートの一室のインターホンを鳴らし、出てきた髪の薄い冴《さ》えない顔の男――鬼崎幸彦《ゆきひこ》に、雨宮咲《あまみやさき》は名刺を差し出した。

「私立探偵　雨宮咲？」

鬼崎は名刺に視線を落とし、訝《いぶか》しげに眉根に皺をよせると、ジロジロと不躾《ぶしつけ》な視線を咲へと向けた。胡散《うさん》くさいものを見る目つきである。それも仕方がないと言えば、仕方がない。私立探偵などと大真面目に書いてある名刺を見せつけられたら、誰だってこういう反応を示すのだろう。

正直、名刺に載せる肩書きに私立探偵はどうかと、咲自身思ったことがある。無難に調査会社とかにしたほうがずっと世間への通りはいいだろう。探偵なんて小説や漫画の中の職業だと思ってる人も多いのだ。けれど、結局咲は肩書きを私立探偵にした。幼い頃から憧れていた職業にせっかくなれたのだから——と。今年で二十八歳にもなるのに子供っぽいと言えば子供っぽいが、こだわる部分はこだわりたいのだ。

だからこそ、見た目には気をつけている。

服装は白いブラウスにグレーのジャケットとパンツというスタイルだ。背中の半ばまで伸ばしたロングストレートの黒髪もしっかりとセットしている。清潔感のある、見た目をしっかり意識した服装だ。それでいて、自分が女であることをしっかりアピールすることも忘れない。

スーツはピッタリ身体にフィットしている。身体の線が服の上からでもはっきりとわかるレベルだ。自慢のGカップの胸に、キュッと引きしまった腰、むっちりふくらんだヒップと太股《ふともも》、すべてがひと目で認識できる。まっすぐ通った鼻すじに、切れ長の目、艶やかな唇という自分でも美人だと自覚できるほど整った顔だちに、このスタイルは男の視線を引く。

すべて相手に自分を受け入れさせるための計算だ。

「それで……探偵さんがなんの用事ですか」

計算どおり、鬼崎はそれ以上探偵という職業について突っこんでくることはせず、あっさりこちらを受け入れた。

「久我《くが》さんの件についてです」

鬼崎の目をまっすぐ見つめ、単刀直入に用件を告げる。

とたんに鬼崎の眉根がピクリッと反応した。僅かだが、視線も動く。間違いなく動揺している。しかし、鬼崎は一度「んんっ」と喉を鳴らすと「なんのことでしょうか？」と、ごまかすような態度を見せた。

「嘘はいけません。ご存じでしょう？」

ジャケットの内ポケットから写真を取り出し、見せつける。

写真に映っているのは鬼崎だ。

電柱の陰や看板などに身を隠している姿や、帽子を目深にかぶり、新聞で顔を隠している姿など、誰かを尾行しているようにしか見えない写真ばかりである。そんな鬼崎の視線の先には、すべて同じ女性——久我怜香《れいか》が写っていた。

鬼崎の顔が青ざめる。

「鬼崎さん、あなたは久我さんをストーキングしていますね」

「それは……その……」

鬼崎が言葉につまった。額には脂汗が浮かんでいる。

「ごまかしても無駄ですよ。こちらはあなたを一カ月以上調査しているのです。証拠はこの写真だけではありません。その意味、おわかりですね？」

鬼崎の目をただまっすぐ見つめる。

こちらの目を恐れるように、鬼崎は視線を宙に泳がせたうえで、やがてごまかしは無駄だと悟ったのか、首を縦に振った。

そうした反応に、咲はホッと息をつく。ここでゴネられても面倒くさいだけだからだ。認めてくれたのならば、話は早い。

「では、これ以後、久我さんに対するストーキング行為はやめてください」

視線をはずすことなく告げる。

鬼崎は怯《おび》えるような表情を浮かべつつも、コクッと頷《うなず》いた。そんな彼に対して、咲は笑みを浮かべてみせる。

「ありがとうございます。では、話は以上になります」

写真をジャケットにしまった。

「えっ……それだけ？」

鬼崎は拍子抜けしたような表情を浮かべた。

「はい。私の目的はあなたにストーキングをやめていただくことです。私は探偵であって、警察ではありませんからね。それに、久我さんもあまり大ごとになることは望んでいません。鬼崎さんには以前、お世話になったとも言っていましたし……」

「……そうですか」

鬼崎は魂が抜けたような表情で肩から力を抜く。

「それでは今後、久我さんには近づかないように。もし近づけば、そのときは……」

「は、はい。わかってます、わかってます」

何度も鬼崎は首を縦に振った。

「それでは失礼します」

立ちつくす鬼崎に笑顔で告げ、咲はその場を立ち去った。


——一週間後。


「う、うおおおっ！」

街中に男の雄叫びが響きわたった。

鬼崎幸彦の声だ。

街を歩いていた人々が足を止め、鬼崎へと視線を向ける。鬼崎の手にはナイフが握られていた。ナイフを構え、街中を走る。その先には男と並んで歩くひとりの女——

久我怜香がいた。

鬼崎はナイフをより強く握る。血走ったその目には、強烈な殺意が溢《あふ》れていた。

怜香の隣に立っていた男がそれに気づいて、彼女を庇《かば》おうとする。しかし、その表情は完全に怯えていた。腰も引けている。これでは怜香を守ることはできないだろう。

鬼崎も男の存在などまるで気にすることなく、怜香へと突っこんでいく。

だが、その刹那、ひとりの女が鬼崎の前に現れた。

白いブラウスにグレーのジャケットとパンツ——雨宮咲である。

「はぁ……やっぱり、こうなりましたね」

ため息をつき、咲は肩を竦《すく》める。

「どけぇええええ！」

鬼崎が猛獣のような声で叫んだ。

だが、咲は涼しい顔で、鬼崎から溢れ出す殺意を受け流す。いっさい動じた様子など見せない。

そんな咲に、鬼崎は突っこんでくる。邪魔な咲から排除する気になったらしい。

鬼崎が至近にまで接近する。握ったナイフを突き出した。咲はその動きを涼しい目で見つめつつ、僅かに身を傾ける。鬼崎の突きがそれによって逸《そ》れた。伸ばされた鬼崎の腕をつかむ。そのまま流れるように、合気の要領で投げた。鬼崎の身体が宙に舞う。そのまま背中から、地面にたたきつけた。鬼崎の口から「かはっ」と苦しげな呻きが漏れる。そんな彼の腕を捻《ひね》り、関節を決めた。鬼崎が「がぁあああ」と悲鳴をあげる。

そうした姿に冷たい視線を向けつつ「こうなる可能性は考えていましたが、残念です」と、静かに告げた。

「いやぁ、今日は本当に血の気が引いたっすよ」

鬼崎の襲撃があった日の夜のことだ。咲の事務所にて九条悟《くじょうさとる》が本当に安堵した様子で大きく息をついた。マッシュルームみたいな髪型にメガネという今どきのオシャレ男子を体現したような姿の悟は、雨宮咲探偵事務所にて探偵助手のアルバイトをしてくれている大学生である。昼間、怜香とともに歩いていた男だ。

「雨宮さんから襲撃があるかもとは聞いてましたけど、実際目の前にすると、頭の中ホント真っ白でした。今、思い出しても……」

自身の肩を抱いて、悟はブルッと身体を震わせる。

「久我さんの護衛のはずだったのに、ホントなんの役にも立てませんでした。すんませんっす」

「大丈夫ですよ。実際、久我さんにけがはなかったわけですし。あまり気にしないでください」

この事務所で働いているのは、咲とバイトの悟だけである。ほかに人間がいなかったので怜香の護衛役を頼んだものの、正直頼りにはしていなかった。

半年ほど前、バイト面接に悟がやってきた際に経歴などを聞かせてもらったが、武道などの嗜みはなく、所属してきた部活動もすべて文化系とのことだった。見た目も細く、運動ができるようにはとても見えない。護衛として頼ることなど、絶対にできないタイプと言っていいだろう。

鬼崎襲撃の際の反応も想定ずみだ。

だから、気にされても困る。ニッコリと笑みを浮かべて慰めてみせた。

咲のそうした反応に、悟は少しホッとしたような表情を浮かべる。しかし、それだけではない。同時にどこか悔しそうな顔にもなった。咲に頼ってほしいのに――という感情がのぞき見えるような表情だ。

(そんなに、私のことが好きですか)

思わず、クスリッと笑ってしまう。

悟は間違いなく、咲に対して特別な思いを抱いている。半年もともに過ごしていれば、それくらいのことはわかるのだ。とはいえ、悟のほうからその気持ちを伝えてこない限り、自分から動くつもりはない。

咲の実家は古武術の道場をしている。幼い頃から父や道場に通っている男たちに扱《しご》かれて育った。そのせいか、咲の好みはがっちりとした体格の頼れる男になってしまった。なよなよとした悟を、男として見ることができないのだ。どちらかというと、弟のような存在と言うべきか。

(好ましくはあるのですけどね)

咲に意識されるような男になりたいという努力は伝わってくる。そういうところは嫌いではない。

などということを頭の中でゴチャゴチャ考えていたせいか、悟を少しねぎらいたくなった。

(うん、それがいいですね。ひとつ仕事も片づいたところですしね)

頷いて立ちあがると、事務所の冷蔵庫を開け、ビールを取り出し、悟へと渡した。

「これは?」

不思議そうな顔で、悟が首を傾《かし》げる。

「一カ月以上もかかわった久我さんの案件が解決したのです。この件では九條くんにも尾行の手伝いなど、いろいろしてもらいましたからね。打ち上げくらいしましょう。おつまみもありますしね」

ビールだけではなく、つまみ類も取り出してテーブルの上に広げつつ、悟に対して笑顔を向ける。一瞬、悟はそんな笑顔に見惚れるような表情を浮かべた。じつにわかりやすい反応である。こういうところが、かわいらしい——などと考えながら、ビールを開けると、

「それじゃあ、乾杯」

缶と缶をカツンッとぶつけ、ビールを口にする。

(おいしい。やっぱり、お酒は最高ですね)

身体にアルコールが染みていく感覚が心地いい。労働後の一杯は格別だ。缶の中の液体を、一気にすべて飲みほした。

「はぁあああ……最高っす」

悟も同じことを考えていたらしく、本当においしそうな表情で笑う。

「ふふ、まだまだありますよ」

冷蔵庫にはまだまだビールがたくさん入っている。一杯だけで満足なんかできない。

今日はとことん飲んでやろう。

(なんだか身体が熱くなってきましたね)

テーブルの上や床には空になったビールの缶が散乱している。十缶以上はあるだろう。そのほとんどを飲んだのは咲だ。悟は二本くらいしか飲んでいない。そのせいか、悟が咲へと向ける視線は、なんだか心配そうなものだった。

「なんですか?」

「なにって、その……大丈夫っすか。さすがに飲みすぎなんじゃ……」

「なにを言っているのですか。こんなの、まだまだ序の口ですよ」

そう。足りない。まだまだ全然飲み足りない。立ちあがり、新たなビールを取り出して飲む。それを見た悟が、驚いたような表情を浮かべた。

「あれ……私が飲むのを見るの、はじめてでしたっけ?」

「いや、そんなことは……その、バイトをはじめた頃の歓迎会で一度」

「……ああ、そういえば」

半年前のことを思い出す。

歓迎会と称して、近くの居酒屋にふたりで行ったはずだ。

（確か、あのときは……）

探しに探してようやく見つけた探偵助手だ。いきなり引かれるほど飲んで辞められてしまったら困ると思い、一、二杯だけでストップした記憶がある。

（そのあとは……飲みには誘っていなかったですね。セーブして飲むとストレスになるし「癖」が出てしまうのもマズいから――と。そのことを忘れていました）

今回の仕事は依頼を受けてから解決まで三カ月ほどかかった。咲の仕事としてはかなり長期だと言っていい。それがようやく終わったのだ。その解放感のせいで、セーブするのを忘れてしまった。

おかげで完全に、悟に引かれている気がする。

（でも、まぁ問題はありませんね。今さら九條くんがうちを辞めるなんて、ありえないでしょうし）

なにしろ悟は咲に対して明らかに恋愛感情を持っている。酒飲みという点はマイナスかもしれないが、その程度で百年の恋が冷めるなんてことはないだろう。実際、咲はかなりの本数飲んではいるものの、前後不覚になるようなことにはなっていない。

表面上はふだんどおりだ。

ただ、それはあくまでも表面上である。間違いなく、咲は酔っていた。

それを証明するように、ジンジンと身体が、特に下腹部が疼《うず》きはじめた。

（ああ、やっぱり「癖」が出てきていますね）

いつもこうだ。アルコールを摂取すると身体が昂《たかぶ》ってしまう。女ひとりでも舐められないようにと仕事で気を張っている反動のように、身体が快感を求めてしまうのだ。誰でもいいから、男と身体を重ねたい——と思ってしまう。

こうなってしまうと、自分を抑えられない。だから、ふだんのように外で飲んでいるときならば、自分に声をかけてきた男がある程度好みならば一夜だけの関係を結ぶのだが……。

テーブルを挟んで向かい合わせに座る悟の様子をチラッと観察する。酒を飲みつづけている咲に対して、自分はどうすべきなのかわからない——といった感じで、なんだかオロオロしている。正直、男らしさは感じられない姿だ。基本、引っぱってくれる男が好きな咲の好みからは、やはりだいぶはずれていると言わざるをえない。

ただ、だからといって嫌いというわけではない。むしろ、なんだかかわいらしくて、好ましさだって感じている。

（仕事仲間とするってのは、少し気にはなりますが……）

たまにはこういう好みのタイプではない子と遊んでみるのもいいかもしれない。

「ふふ」

自然と口もとを歪《ゆが》めて笑うと、一度席を立ちあがり、悟の隣に座った。ギシッとソファのスプリングが軋《きし》んだ。とたんに悟は驚いた様子で、まるで電気でも流されたかのような勢いでビクッと身体を震わせた。初々しい反応だ。ふだん遊んでいる女慣れしている男たちとは違う。

なんだか新鮮だと思いつつ、今度は悟に肩を預ける。しっかりと身体を密着させた。もちろん、それだけでは終わらない。手を伸ばして、悟の太股を撫でる。さらに身を固くし、生唾を飲みこむのがわかった。

「あ、雨宮さん？」

声も裏返る。

「こういうのは、お嫌いですか？」

耳もとに唇をよせて囁《ささや》いた。

我ながらベタだとは思う。けれど、なんだかんだ言って男はこういうベタなのが好きだということを知っている。

「いや、その……き、嫌いなんて、そんなこと……な、ないっす」

悟はカミカミだ。こういうことに慣れていないということがわかる。

（そういえば、今は彼女はいないと言っていましたね）

歓迎会のとき、そういったプライベートなことも質問してみた。

それによると現在、悟に交際相手はいないらしい。ただ、一年ほど前まではいたとのことだ。多少酔っていたので少しだけ踏みこんで聞いてみたところによると、前の彼女と別れた理由は身体の相性がよくなかったとのことである。

（私との相性はどうですかね？）

胸が高鳴ってきた。自然と息も荒くなる。増幅する興奮に流されるように、悟に身体をより密着させた。服の上からでもはっきりわかるほどに、自慢の大きな乳房を押しつける。

「あっ……こ、これ……マズいっすよ」

「マズい……どうして……お嫌いではないのでしょ？」

「それは……その……そうですけど、えっと、あの……こ、こういったことは恋人同士でやるべきことであって……僕たちはその仕事仲間であって……えっと……あの、その……」

目が泳ぎまくっている。

「確かにそうですね。私たちは仕事仲間……だったら、九條くんは私とはしたくないってことですか？」

「したくないって……な、なにを……？」

「……もちろん、セックスです」

セックス――悟の耳たぶに唇を近づけ、吐息とともに口にした。

「そ、それは……その……えっと……し、したい……です」

コクッコクッと、固まりながらも頷く。

「だったら、問題ありませんね」

なんら躊躇《ちゅうちょ》する必要などない。

太股に手を密着させ、ゆっくり、ゆっくりと、悟を撫でた。ときには指で揉みほぐすように肢体を刺激する。

「ふっ！　あっ……あっあっ……」

そうした愛撫に反応するように、悟が喘いだ。

「ふふ、気持ちいいですか？」

男が自分の愛撫で感じる姿を見るのが好きだ。もっと強い愉悦を刻んでやりたいという思いがふくれあがる。そんな欲望に抗《あらが》いはしない。

「んっちゅ……んれろっ……れろっ……ほら、どうです。こういうのも気持ちよくて、興奮するでしょう?」

　舌を伸ばすと、悟の耳たぶを舐めた。耳の輪郭をなぞるように舌を蠢《うごめ》かせる。そのうえで耳穴にも躊躇なく舌先を挿しこむと、グチュグチュとかき混ぜるように刺激を加えた。同時にハムッと耳たぶを甘く咥えたりもする。

「い、いい……気持ちいい！　凄く……気持ちいいです」

　よほど心地よかったのか、悟は何度も首を縦に振った。

　気持ちいい──その言葉を証明するように、股間部もふくれあがる。

(へぇ……これは、なかなか……)

　悟はいまだにズボンを穿いたままだ。肉棒の形をじかに確認することはできない。しかし、服の上からでもはっきりとわかるくらいに、悟のペニスは大きなものだった。

(別にち×ぽの大きさにこだわってはいないけど、小さいよりは大きいほうがね)

　膣の中で引っかかりが違う。

　大きな肉棒で膣道をゴリゴリ削られるように攻められるのが好きだ。それに長さもあれば、子宮口だってたたいてもらえる。ペニスで膣の形を変えられていく感覚がたまらない。自分が男のものにされていくような感じが、咲は本当に好きだ。

(なかなか、楽しめそうですね)

フフッと、改めて笑みを浮かべると同時に、太股を撫でていた手を移動させる。そのまま躊躇《ためら》うことなく、ズボンの上から悟の肉槍に触れた。当然ただ触れるだけではない。僅かだけれど力をこめ、圧迫するように押してみる。

「あっ、それ……だ、だめです！　あっあっ！　ふぁああ！」

すると、これまで以上に悟が喘いだ。全身を震わせる。

（あっ……これっ……）

ズボン越しに触れている肉棒が、激しくビクついているのがわかった。ドクドクと脈動していると言うべきかもしれない。

「……九條くん、まさかこれ？」

思わず耳もとから顔を離すと、悟をまっすぐ見つめて尋ねた。

「あっ……はい、その……出ちゃいました」

ただ触れただけでしかない。だというのに、悟は射精してしまったらしい。

「興奮しすぎですね」

そう口にしつつ、いったいどれくらい出したのかを確認してみたくなったので、ベルトをはずし、ズボンと下着を脱がせた。射精を終え、萎えた肉棒が剝き出しになる。

露《あらわ》になったペニスの全体は、グッチョリとした白濁液に塗《まみ》れていた。

「また、たくさん出しましたね」

かなりの量と言っていいだろう。

悟は今にも泣き出しそうな表情を浮かべつつ、顔を真っ赤にして俯《うつむ》くと「すみません」と、消え入りそうな声で謝った。

「別に謝る必要なんかありませんよ」

そんな悟にやさしく微笑みかけつつ、指で少し精液を拭い取ると、それを咥えてチュルルッと啜《すす》った。

(やっぱり、生ぐさい。おいしいとは言えませんね)

はっきり言ってマズい。好き好んで口にするような味でないことは確かだ。だが、こうして精液を啜るという行為自体は好きだ。より興奮を高めることができるからだ。

「でも、触っただけで射精してしまうなんて、まるで童貞みたいですね。もしかして、こういうことするの、だいぶごぶさたでしたか?」

悟の緊張をほぐすように、からかい混じりに尋ねてみる。

すると、悟の表情が凍りついた。

「どうしました?」

聞かれたくないことを聞かれてしまったというような顔である。いったい、なんでこんな顔を――と少し考え、ひとつ答えを思いついた。

「えっ……もしかして、九條くん……はじめてなんですか？」

「それは……その……」

悟はどう答えるべきか迷うように視線を宙に泳がせた。だが、すぐに諦めたように一度大きく「はぁああ」と息を吐くと「はい。その、はじめてです」と頷いた。

「でも、前に彼女がいたって……」

「あれは、その……作り話です。今まで彼女がいたことはないです。その……童貞って知られるのが恥ずかしくて……」

見栄を張ってしまったらしい。

「なるほど、そういうことでしたか」

「えっと、その……すみません」

「別に謝る必要はありません。ですが……今日はここまでですね」

ギシッとソファを軋ませながら立ちあがった。

「……え？」

悟が呆然《ぼうぜん》とこちらを見つめている。これ以上してくれないのかと訴えるような視線だ。

「期待させてしまってすみません。しかし、私は童貞とする気はありませんので」

童貞相手というのは、いろいろ面倒くさい。だから、しない。童貞はなよなよした男以上に好みの範囲外なのだ。

そんな咲の答えに対し、悟の浮かべた表情は、この世の終わりのようなものだった。

第一章　南の島

1

（やってしまいました。ああ、なんで私は、昨日九條くんとお酒なんて……）

翌日、事務所のデスクで咲は頭を抱えていた。

酔った勢いで悟を誘うようなマネをしてしまった。百歩譲れば、それだけならばまだいい。問題はそのあと、自分から誘ったくせに、童貞は面倒くさいとかいう理由で行為を中断してしまったことだ。バイトを辞めるとか言い出してもおかしくないくらいのショックを受けただろう。

実際、彼はあのあと逃げるように事務所を飛び出した。

（童貞とする以上に、知り合いとするのは面倒くさい。そのことはよく知っていたはずでしょう）

こんなことなら、最後までしておくべきだった——とすら考えてしまう。

（こういう後悔をすることになるって少し考えればわかったはずなのに、それさえできなかったなんて……）

そこまで酔っていたらしい。自分が本当に情けなくなる。

改めてため息をつくと、スマートフォンを取り出し、メッセージアプリを起動した。とにかく悟に対してなにかフォローをする必要がある。悟は助手としては優秀だ。いろいろ任せている仕事もある。それに異性としては好みではないけれど、仕事仲間としては、いっしょにいて心地いい人物だ。今回のようなことで辞められるのは正直きつい。

スマホ画面を見つめながら、どんな文章を送れば今回の件を最小ダメージに収められるだろうかと必死に考える。

そんなタイミングで、カランッと事務所のドアが開く音がした。なんだかオシャレな気がして、喫茶店などの扉にかけてあるようなベルを事務所のドアにも設置しているのである。

（こんな朝から？）

　時間は午前九時をまわったところだ。ドアの鍵こそ開けてあったものの、まだ始業前である。スマホ画面から視線をはずし、事務所の入口へと視線を向ける。

「……おはようございます」

　そこにいたのは悟だった。昨日の今日であり、表情は本当に気まずそうである。けれど、事務所には来てくれた。

「九條くん……はぁ、よかった」

　肩から力を抜くと立ちあがり、悟へと近づいた。

「その……昨日はすみませんでした。えっと、その、言いわけになりますが、昨日は私、ちょっと酔ってしまって……」

「あっ、その……僕もそれはわかってまっす。だからその、謝らないでくださいッす。気にしてませんから。大丈夫っす」

「ありがとうございます」

　悟の言葉に、心の底から救われたような気分になった。

（しばらくお酒はセーブしたほうがよさそうですね）

　今回のような思いはしたくない。ホッとしつつ、心の中で誓う。

「えっと、それでその、今日はなぜ……昨日のことがあったからですか？」

現在、悟の大学は夏休み中だ。とはいえ、悟はバイトであり、毎日仕事を入れているわけではない。今日は休みのはずだ。

「その……それもありますけど、えっと……」

悟はチラッと視線を背後へ向ける。すると、そこには悟と同年代くらいの男がひとり立っていた。

細身の悟とは違い、少しがっちりとした身体つきの男だ。Tシャツから伸びる腕には、筋肉がそこそこついている。目つきは少し鋭い感じで、髪は短めに刈りあげている。なかなか男らしさを感じさせる姿だ。

「この方は？」

「その、こいつは僕の同級生で——」

「菅沼洋介《すがぬまようすけ》です」

声も少し太い感じだ。

「……私は雨宮咲です。それでその、今日はどうしてうちの事務所に？」

洋介と悟を交互に見つめて尋ねる。

「……悟が探偵事務所で働いているという話を聞いたので、相談に乗ってもらいたいことがありまして」

「依頼案件があるということですか？」

「はい」

洋介が真剣な顔で頷く。

「……わかりました。では、こちらに」

冷やかしなどではなさそうだ。取りあえず事務所中央の応接用テーブルに洋介を案内した。

「それで、ご依頼の内容は？」

席に着き、悟がお茶を淹《い》れてくれたところで改めて洋介に尋ねる。すると彼はスマホを取り出し、それを差し出した。画面には洋介と女性が表示されている。

年齢は悟と同年代くらいの二十歳前後。髪の長さは肩のあたりまで、まるみを帯びた目に、少しふっくらとした頬がなんだかかわいらしさを感じさせる女性だ。春頃に撮られた写真らしく、服装は白いブラウスにカーディガンといった、少しおとなしめなものである。胸の大きさはCカップほどだろうか。標準的なスタイルと言っていいだろう。

「名前は皆月昴《みなつきすばる》といいます。その……俺の彼女です」

昴は笑顔で洋介と腕を組んでいる。この写真だけで判断するなら仲は順調そうだ。

「この皆月さんに、なにかあったのですか？」

「……はい。じつは、ここ半月ほど連絡が取れないんです」

「行方不明ということですか？」

「それは、その……」

少し言いにくそうな表情を、洋介が浮かべる。

「心当たりが？」

「はい……じつはその、一カ月ほど前に、昴は里帰りをしたんです」

「行き先はわかっているということですか。しかし、連絡が取れない？」

「そうです。でも、それはわかっていたことでもあるんです。事前に、実家にいる間は連絡できないと聞いていましたから」

「実家にいる間は連絡できない……それはどうして？」

「……実家ではスマホが使えないとのことで」

「スマホが使えない……それはつまり、ご家族に禁止されているとかですか？」

子供にケータイの類《たぐい》を使わせない親は、一定の数は存在している。ただ、それは高校までというケースが多い。大学生、ましてやひとり暮らしさせている娘にケータイを持たせない親などいるのだろうか。

（いえ、ケータイ自体は持っていると考えるべきですね）

実家ではスマホを使えない。つまり、こちらにいる間は使っていたと考えるべきだろう。つまり、家族の前ではケータイを使うなと躾《しつ》けられていると考えるべきだ。とはいえ、それも妙と言えば妙である。家族の前では使えずとも、自室などでこっそり使うぶんには問題ないはずだ。それでもそれをしないというのは、それだけ真面目な女性なのかもしれないが……。

そこまで思考する。だが、その考えはあっさりと否定された。

「そういうわけじゃないんです。彼女が言うには、実家にスマホの電波が来ていないらしいんです」

「はぁ!?」

完全に思考の外の答えであり、思わず間の抜けた声を漏らしてしまう。

「電波が来てない……今どき?」

「そうなんです」

そんなことありうるのだろうか。もしかして、洋介は騙《だま》されているのではないか。

「嘘ではないと思います」

こちらの思考を読んだかのような言葉だった。

「確かに今どき電波が通じないなんて妙な話ですけど、昴はその……嘘をつくような子じゃないんです。絶対に……」

「なるほど」

洋介は昴を心の底から信じているらしい。

（けれど、それはどうでしょうね……）

人を信じるというのはいいことだ。けれど、盲信するというのは間違っている。人の心を完全に読むことなどできない。心のうちに隠していることを暴くことなど不可能なのだ。

しかし、あえてそれを洋介に対して口にはしない。

（ほら、私だってすでに隠しごとをしています）

昴が洋介に嘘をついている可能性だって十分ありうるということだ。

（ただ、嘘をついている確率と同じくらい、事実であるという可能性だってある）

けれど、それを調べるのはあとの話だ。

「行き先はわかっているのに連絡がつかない理由は理解しました。そこで話を戻しますが、あなたの恋人である皆月さんが里帰りをしたのは一カ月前でしたね。そして、あなたが言った連絡がつかない期間は半月。この差はどういうことですか？」

「……本来なら半月前に昴は帰ってくる予定だったからです」

皆月昴は半月の予定で実家に帰ったらしい。しかし、戻ってくるはずの日になっても彼女は戻ってこなかった。当然、恋人として洋介は心配になったらしい。けれど、連絡を取ることができない。だから心配になって、探偵である咲のもとに来た。

「状況は理解しました。私に彼女が今どこにいるのか、それを探してほしいというわけですね」

するべき仕事は把握した。ただ、簡単に引き受けるわけにはいかない。

「わかりました。ただ、わかっているとは思いますが、正式な依頼となると、それなりに費用もかかりますよ」

こちらも仕事である。大学生が軽く払えるような金額ではない。

「その点は大丈夫です」

金額を聞いてもいないというのに、自信ありげに洋介が頷く。思わず本当に大丈夫なのかと問うような視線を、自分の隣に座って黙って話を聞いていた悟へと向ける。

「問題ないです。洋介の家って、けっこうな資産家なんですよ」

ボソッと耳もとで教えてくれた。

（それは羨ましいことで……）

「承知しました。では、もう少しお話を聞かせていただきます」

（女影島《おなかげじま》でしたね……）

洋介が出ていったあと、彼から聞いた話のメモを確認しつつ、ＰＣ画面で昴の故郷である島の名前を検索した。

小笠原諸島《おがさわらしょとう》より、さらに南にある島らしい——ということはわかった。だが、それ以上のことがまるでわからない。

島の人口や特産物、観光などなど——知りたい情報がまったく出てこないのだ。島に行く方法すら不明である。地図には表示されている。けれど、本当にそんな島が存在しているのかということさえ疑いたくなるレベルで情報がない。

（まさに孤島と言うべきですかね）

これでは、ＰＣで情報を得ること自体不可能だろう。つまり、事務所でできることはなにもない。

（実際に、現地に行ってみるしかありませんね）

2

数日後、咲は洋上にいた。東京から小笠原諸島の父島《ちちじま》までクルーズ船で二十四時間。そのあと、父島であらかじめチャーターしていた漁船に乗り換え、女影島へと向かっている最中である。朝四時出航の漁船に乗ってからすでに五時間ほどが経過している。

「これ……想像してた以上に遠いっすね」

咲に同行した悟が、青い顔で呟《つぶや》いた。少し前に酔い止めの薬を飲んだらしいが、それでもかなり気分が悪いらしい。

「スマホが通じないっていうのも、まぁ納得ですね」

同じくついてきた洋介が、悟のあとを引き継ぐように呟く。こちらの顔色は普通だ。三半規管が強いらしく、まったく酔った様子はない。がっちりとした身体つきと相まって、海の男といった感じの逞《たくま》しさを感じさせる。ただ、相手は依頼人だ。それに恋人だっている。つまみ食いするわけにはいかない。

「到着まで、あとどれくらいでしょうか？」

「んん……ああ、まぁ、あと一時間くらいかねぇ。しっかし、ホントあんな島になんの用事があるんだか。ホントなんにもないけどなぁ」

船長が不思議そうに首を傾げる。

なんにもない——その言葉は事実らしい。船長や父島の人々に女影島についてあれこれ尋ねてみたが、誰も芳しい答えを返してはくれなかった。情報は皆無である。

現代の日本とは思えない。

（まぁ、あれこれ考えるのは到着してからでもいいですね）

そんなことを考えながら、スマホを開いてみる。電波は来ていない。すでに圏外だった。


それから一時間ほどがすぎ、船はようやく島に到着した。

中央に少し高い山がある島だ。ネットで調べることができた僅かな情報によれば、島の面積は約二〇キロ平方メートルで、最大標高は二二三メートルとのことだ。本当に小さな島である。

船はそんな島の北側にある漁港に入った。

港に係留されている船は二隻ほどだ。パッと見で古そうな船である。現在でも使われているのかどうかは一見しただけではよくわからない。船のほかにめぼしいものは見当たらない。人影もなかった。

そんな観察をしつつ漁船を降りる。

「んじゃ……俺は仕事があるから行くけど、迎えは一週間後でいいんだな？」

よくわからない島に一週間、かなり無謀だ。けれど、ここが皆月昴の故郷である以上、人は住んでいるだろう。人がいるのならば、交渉次第でなんとかなる。そう考え、調査期間は取りあえず一週間と決めた。

「はい、よろしくお願いします」

「わかった。んじゃ、気をつけろよ」

船長はそう言うと、すぐに船を出発させた。

漁港には三人だけが残される。

人がいないのでとても静かだ。一定のリズムを刻むように聞こえる波の音がなんだかとても心地いい。青い海に青い空、それに島に広がる緑――とても色鮮やかだ。空にはカモメが飛び、鳴き声を響かせている。まさに南の島といった感じだ。一瞬、仕事で来たということを忘れそうになるほどに心地いい。なんだかとても開放的な気分になれる島だ。

ただ、問題がある。

（この服装はちょっと失敗でしたね）

仕事ということで、いつものスーツで来てしまった点だ。燦々《さんさん》と照りつける太陽の陽射《ひざし》が眩《まぶ》しく、暑い。スーツではあまりにきつい気候だ。着がえたい。ただ、こんな漁港で着がえるわけにはいかない。

「まずは、すぐにどこか休める場所を探したいですね」

「賛成っす」

六時間ぶりに船から解放された悟がぐったりしながら頷いた。そんな少し情けなさを感じさせる悟とは裏腹に、洋介はとても硬い表情を浮かべつつ、周囲を見まわしている。きっと恋人のことを考えているのだろう。

「さて、それじゃあ、取りあえず、あちらのほうに行ってみましょうか」

遠くに民家のようなものが何軒か見える。たぶん、村だろう。当然、人だっているはずだ。

「さんせ――あっ、でも」

「なんですか？」

途中で言葉を止めた悟に対し、尋ねる。

「いえ、その……ほら、ここって完全な孤島って感じじゃないですか。そういうところの住民って、よそ者に厳しそうじゃないですか。いきなり襲われたりとか……」

「……ホラー映画の見すぎです」

「ですよねー」

軽口をたたく悟を笑いつつ、民家に向かって歩き出した。

(ただ、襲われるはないにしても歓迎されない可能性は覚悟しないといけませんね)

ネットにも載っていない。定期便さえ出ていない――そんな島だ。島外から人が来ることなどほとんどないのだろう。警戒される可能性は高い。下手をすれば、滞在先を見つけることにも苦労するだろう。実際、宿があるとも思えない。

(最悪の場合は、野宿ですね)

気候がいいので、寒さに震えるということはなさそうだが……。

そんなことを考えながら、しばらく歩いていると――。

「あれ……えっ。ええっ。嘘!」

声が聞こえた。

反射的に視線を向ける。すると、そこには三人の女性がいた。Tシャツに短パンというラフな格好をしている。服からのぞき見える健康的に焼けた肢体と相まってまさに南国の女性といった姿だ。年齢は二十代半ばから三十台前半だろうか。

三人は目を見開いてこちらを見ている。ひと目で驚いていることがわかる顔だ。

「あっ、えっと……その、こんにちは」

取りあえず警戒されないことがいちばんだと考え、まずは挨拶をする。できる限りにこやかな表情を浮かべてみせた。

「こんにちは……って、もしかしてあなたたち、島の外から来たの!?」

「ええ、はい」

嘘をつく意味はないので素直に頷く。

すると三人は顔を見合わせると、今まで浮かべていた驚きの表情を消し、満面の笑みを浮かべた。

「そっか、そっか。島の外から来たんだ」

「島まで来るの、大変だったでしょう」

警戒している様子はない。それどころか、むしろ歓迎しているようにさえ見える。少し意外な反応だ。けれど、仕事をするうえでは非常に助かる。

「どこから来たの？」

「東京です」

「東京！　本当に時間かかったんじゃない？」

キャイキャイと、女性たちがはしゃぐ。その姿は、東京の人々となんら変わることはない。

（まぁ、どこに住んでいても、人は人ですしね。気を張る必要はなかったということですか）

少し、ホッとした。

悟と洋介が浮かべていた疲労や緊張感も、僅かだが和らいだように見える。

「それでその、あなたたちはなんのために、この島に？」

「ああ、それはその……」

さっそくスーツの内ポケットから、印刷してきた昴の写真を取り出そうとした。

だが、女性のひとりに「待った」と止められてしまう。

「こんなところで立ち話なんて、せっかくのお客さんに失礼よ。まずは村に行って、村長に会ってもらいましょう。詳しい、いろいろな話はそれから」

「ああ、それは助かります」

村とやらに行けば、さらに多くの人に会うことができるだろう。それに村長が相手ならば、詳しい話も聞けそうだ。というわけで、三人とともに歩き出した。

その間に、島について話を聞いてみたところ、この島にはだいたい五百人ほどの住人がいるらしい。住民たちは漁をしたり、家畜を飼ったりすることで生計を立てているとのことだ。まあ、こんな孤島のような場所ではほかにできることなどほとんどなさそうなので、当然と言えば当然だろう。

(観光地としては、よさそうではありますが……)

透きとおるような青い海に低い空、島内を歩きまわる山羊《やぎ》や牛——正直、日本の景色とは思えない。この景色だけでも来る価値のある島だ。十分、観光資源になるはずだ。ただ、観光地とするにはあまりにアクセスが悪い。島への定期便さえないというのはなかなか厳しいだろう。

などということを考察したり話したりしながらしばらく歩いていると、やがていくつもの民家が建ちならぶ村に到着した。

(沖縄みたいですね)

家々の屋根は低い。それに家の周囲は石積みの塀に囲まれており、庭には屋敷林が植えられている。台風に備えた建築なのだろう。ゆえに、沖縄に似通っているのだと考えられる。だが、違う点も当然ある。それは家の門脇に立てられている十字架だ。すべての家にだいたい高さ一七〇センチほどの、木製の十字架が存在していた。

「この島って、キリスト教を信仰してるんっすか?」

同じことが気になったらしく、悟が女性に尋ねる。

「えっ……ああ、あれは違います。あれは御柱様《みはしらさま》ですよ」

「ミハシラ様？」

「この島の神様です」

既存の宗教ではなく、島独特の信仰らしい。

いったい、どんな教えなのだろうかと、尋ねようとする。だが、ちょうどそのタイミングで――。

「着きました。ここが村長の家です。そーんちょぉ！」

女性たちの足が止まった。まわりとあまり変わらないけれど、少しだけ大きな屋敷に向かって女性が声をかける。

すると屋敷から、やはり女性が姿を現した。

腰まで届く長い髪に、着物――沖縄の琉装《りゅうそう》にも似た衣装を身に着けている。目は細く、少し吊りあがりぎみだ。目もとには僅かに皺が見える。けれど、年寄りというわけではない。歳は三十代後半から四十代前半といったところだろうか。

「何ごとかしら」

着物の女性はどこか不機嫌そうに、屋敷に声をかけた女性に尋ねる。機嫌が悪いことを悟ったのか、女性は一瞬ビクッと身を固くしつつ「いえ、その、じつは島の外からお客さんが来まして、村長にご紹介しようかなと」と、遠慮がちにそう告げた。

（つまり、この女性が村長？）

村の長《おさ》とは思えないほど若く見えるが……。

「島外からの客？」

村長の視線が向けられる。まずは咲、そのあと、悟、洋介を順番に見た。中でも特に洋介をマジマジと見つめたかと思うと、口もとに僅かだが笑みを浮かべた。先ほどまで感じられた不機嫌さが、一瞬で消え去る。

「これはこれは、遠いところからようこそ、我らが女影島へ」

やはり、歓迎してくれているようだ。

「私はこの島で長を務めている久杉凜音《くすぎりんか》といいます。以後、お見知りおきを」

若そうな見た目のわりに、なかなか仰々しい話し方をする人物である。

「私は雨宮咲と申します。こういうものです」

挨拶には挨拶で返す。名乗ると名刺を差し出した。

「……私立探偵？」

やはり、名刺の文言が気になったらしい。

「はい、東京で探偵事務所を開かせてもらっています。で、こっちの子が私の助手をしてくれている――」

「九條悟です」

まずは悟が挨拶をし、つづいて「自分は菅沼洋介です」と、洋介が自己紹介をした。

「おまえのことは知っているわ」

そんな洋介に対し、やはり仰々しく凜音が告げる。

「俺を……えっ……どうして？」

「……昴から聞いているわ」

昴――さっそくその名が出てきた。

「昴……昴を知ってるんですか!?」

「もちろん、あの子はこの島の住民だからね」

凜音はあっさりと頷く。

「えっと、今……昴は今、この島にいるんですか!?」

重ねて洋介が尋ねる。

「もちろんよ」

隠すつもりはないらしい。当然のように、凜音は昴がこの島にいることを認めた。

「どこですか。皆月さんは、今どこに?」

これなら話は早そうだ。想定していたより簡単に解決できそうである。あとは昴のもとに行くだけだ。

と思ったのだけれど——。

「それを教えることはできないわ」

簡単に拒絶されてしまった。

「なぜですか。私たちはその……皆月さんを探すためにこの島に来たのです。ですので、居場所を教えてほしいのですが」

「今は無理だわ。昴には大事なお役目があるの。それが終わるまでは、待ってもらわないと……」

「お役目?」

「今晩から二十年に一度の豊穣祭《ほうじょうさい》が行われるの。昴は祭りの巫女《みこ》に選ばれているのよ。祭りが終わるまでは、どこにいるのかを教えることはできないわ」

「なるほど、そういうことですか」

納得できる説明だ。こういう島だ。土地の習慣があるのだろう。

昴が帰ってこなかったのも、祭りの巫女に選ばれたからと考えれば説明がつく。自分が巫女に選ばれるなど考えてもいなかった。だから、昴は半月で帰ると洋介に告げたのだろう。けれど、予想外のことに、巫女に選ばれてしまった。結果、帰ることができなくなった。そのうえ、この島はケータイが通じない。だから、連絡もできなかった。固定電話という手段を取らなかったのは、そこまで洋介が自分を心配しているとは思わなかったということなのかもしれない。その辺は、実際昴に会ったときに聞いてみればいいだろう。

「えっと、それでその、今夜の祭りが終わればすぐに皆月さんに会えるのですか？」

「いえ、祭りは四日にわたって行われます。巫女に会えるのは四日目です」

「四日目ですか……」

フムッと顎に手を置いて考えたうえで――。

「その、突然お邪魔したうえに、こんなことをお願いするのは大変恐縮なのですが、この島に泊まれるような民宿はありますでしょうか？」

そう凜音に尋ねた。

「昴さんの行方がわからなくなってしまったので探しに来たのですが、なにぶん調べてもこの島についてわかることが少なくて、取りあえず着の身着のまま来てみた感じなのです。ですので、滞在場所の確保もできておらず……帰るために頼んでおいた漁船が来るのも一週間後なのです」

「そう。なら、家《うち》に泊まればいいわ。家には使っていない離れがあるの。部屋の数も多いから、不自由はしないはずよ」

「よろしいのですか？」

「島の外からの客人とは珍しいからね。歓待させてもらうわ。それに、せっかくだから豊穣祭にも参加してほしいわ」

「ありがとうございます」

これで滞在場所の確保ができた。

仕事もほぼ終わったと言っていいだろう。

（これは、思いがけず一週間のバカンスが取れそうですね）

南の島で一週間過ごして報酬までもらえる――これは思っていたよりもずっとおいしい仕事かもしれない。

「では、三島《みしま》」

「はいっ」

ひとりの男が屋敷の中から姿を現した。

丸刈り頭の男だ。やはり琉装のような着物を身に着けている。ただ、丈は短く、肘や膝が剝き出しになっている。凜音が身に着けているものと比べると、だいぶみすぼらしさを感じた。使用人が身に着けるような服に見える。ただ、それが三島と呼ばれた男にはよく似合っていた。

最初に出会った島の女性たちと同じように、小麦色に焼けた肌に、洋介よりもさらに筋肉質な身体つきと相まって、非常に強い男くささを感じさせる。思わず見惚れてしまうレベルだ。

「では、お客様方が泊まる部屋を案内させていただきますね。こちらへどうぞ」

そんな男が、にこやかな笑顔で歩き出す。

(悪くないですね)

この島に来たのは正解だったかもしれない——などと考えながら、三島につづいて歩き出した。

久杉家の敷地内、その離れに案内される。石積み塀のために景色を眺めることはできないが、波の音がすぐ近くに聞こえた。

「海が近いのですか?」

「はい。塀の向こうは、すぐ砂浜になってます」

「へぇ。それじゃあ、泳ぐことも?」

「もちろんです。ほら、聞こえますでしょう？」

「ん……ああ……確かに」

耳をすますと、波の音だけではなく、女性たちがはしゃぐ声も聞こえた。海で遊んでいるのだろう。

楽しそうなその声を聞いていると、なんだか自分も海に飛び出したくなる。せっかく南の島に来ているのだ。それも悪くはない。

「あの、あとで海に行ってみないっすか。せっかく南の島に行くんだからって、いちおう水着を持ってきてるんっすよね」

同じようなことを考えていたらしく、悟が囁いた。

「悪くないですね。いちおう島についても、いろいろ聞いてみたいですしね。少し休憩したら、海に行ってみましょう」

悟とは先日のこともあるから仲よくしておきたい。だからそう、これは遊びではなく、必要な交流なのだ——と自分に言い聞かせた。

案内された部屋に到着する。畳敷きだ。踏込があり、前室と主室に別れている。床の間に縁側もあった。しかも、浴室まで備えつけられている。個人の家の離れとは思えない。本当に旅館のような造りだ。こういうところも悪くない。これなら滞在中もストレスを感じることは、ほとんどなさそうだ。

ただ、問題がないわけではない。この部屋にはテレビもなければ、当然ネット環境だって整ってはいなかった。スマホの電波もないので、ネットを使うことはできない。

（今どきの日本でこんな環境の島があるのですね）

それとも、ここにないだけで、ほかの家には存在しているのだろうか。

などということを考えつつ、荷物を置いて三十分ほど身体を休めたあと、咲は水着に着がえた。悟の言葉ではないが、咲も南の島ということで、念のために新しい水着を買って、持ってきたのである。

ホルターネックタイプの黒い水着だ。自慢のGカップが胸もとに深い谷間を作っている。剝き出しのウエストの引きしまり具合は、自分でも惚れぼれするほどだ。少しだけ腹筋が割れているのは女としてどうかと思わないでもないけれど、まるで造りこまれた彫刻のようにも見えるので、悪くはないだろう。今年で二十八歳、水着を着るのは数年ぶりだ。だが、我ながらどこに出ても恥ずかしくないスタイルだと思う。これならば、海辺で遊んでいる女性たちが若くても見劣りすることはないだろう。

鏡に映った自分の姿に頷き、部屋を出る。すると、同じように水着に着がえた悟が待っていた。

「ど、どもっす」

ペコッと頭を下げる。

なんだか少し、他人行儀な反応だ。

だが、すぐに理由を察する。

（ああ、私が水着だからですね）

自分を見る、悟の視線がとても熱い。ジロジロと見ないようにはしているものの、どうしてもこちらから視線をはずすことができないようだ。

（先日あんなことがあったあとでこの格好だと、確かに目の毒ですね。だからといって、少し見すぎですが……）

とはいえ、悪い気はしない。

間違いなく、悟は自分の水着姿に魅力を覚えているのだ。それに免じてここは揶揄《やゆ》せず、気づかないふりをしてやろう——などと考えながら、お返しとばかりに咲のほうからも悟の水着姿を観察する。

（うーん、やっぱり細いですね）

ふだんから思っていることだけれど、改めてこうして身体を見ると、貧弱さが目立つ。押せば折れてしまいそうだ。悟の顔だちは悪くない。どちらかと言えば、イケメンと言ってもいいと思う。あとは身体つきさえよければ……。

「あの、なにか変っすか？」

思わず、ジッと見つめてしまった。

「いえ、別になんでもありませんよ。それより、早く海に行きましょう。浜辺で遊んでる人たちがいなくなる前に」

海があるから遊びたい――と考えているとはあまり知られたくない。少し恥ずかしいからだ。だから、話を聞くという建前がある。というわけで、少し急ぎ足で悟とともに屋敷を出た。

「そういえば、菅沼さんはどうしたのですか？」

洋介はついてこないのだろうか。彼の水着姿を見たいという思いも少しあるのだが……。

「洋介は村のほうに行ってみるって言ってました。皆月さんを探してみるって」

「……そうですか」

凛音の話を信じるならば、四日経《た》てば自然と会えるはずだ。しかし、わざわざ探偵に依頼するほど恋人を探したがっていたのだと考えると、一日でも早く会いたいという思いはわからないでもない。

（さりげなく島の人たちから皆月さんの居場所を探ってみますか）

ただ遊ぶだけでは少し申しわけないので、聞きこみもしようと心に決めた。

浜辺に出る。すると十人——男が三人、女が七人——の姿があった。海に入った女性たちがはしゃいだ声をあげている。とても楽しそうだ。透きとおるような青い海で泳ぐ姿は本当に気持ちがよさそうである。

しかし、妙な点もあった。

それは、遊んでいるのが女性たちだけという点である。女性たちは海で泳ぎまわっているというのに、三人の男たちは波打ちぎわでただ立っている。実際女性たちは水着だが、男たちはTシャツにハーフパンツという普通の服装である。そのうえで、手にはバスタオルを持っていた。

「なんなんっすかね、あれ？」

少し奇妙な光景に、悟も当然不思議そうな表情を浮かべた。

「少し気になりますね。話を聞いてみましょうか」

疑問は早々に解消するべきだろう——そう考え、男たちに「少しいいですか？」と声をかけた。彼らがいっせいにこちらを見る。そして、驚きの表情を浮かべた。

「えっ……あっ、誰ですか？」

見覚えのない人間に声をかけられたことに動揺しているらしい。咲たちが島に来たことを、まだ聞いていないらしい。

「島の外から来たもので、雨宮咲と申します」

丁寧に自己紹介しつつ、男たちを観察する。

漁師だったりするのだろうか。三島と同じく、男たちはみな体格がいい。顔だちのほうは今風のイケメンである悟と比べるとずいぶん無骨な感じだが、そういうところが男らしくて、なかなかの好みだ。年の頃はひとりが二十代、残りは三十代くらい見える。

(こんな島なのに、若者がずいぶん多いですね)

辺鄙《へんぴ》な島と言っても過言ではなさそうなのに、過疎化とは無縁なのだろうか。

「島外からですか?」

胡散くさそうに男たちは眉間に皺をよせた。

「……えっと、用事がありまして……皆月昴さんを探しに来たんです」

「皆月さんを?」

男たちは顔を見合わせる。皆月と口にしたとき、彼らの表情が不機嫌そうなものになった。

「えっと、島にいるって聞いたんですけど、ご存じないっすか？」

そんな彼らに咲を引き継ぐようにして、悟が尋ねる。

すると男たちは、マジマジと悟を見つめ、唐突に「ああ、そういうことか！」と、笑みを浮かべた。

「ん……どういうことですか」

こちらからすると意味がわからない。彼らはいったいなにを納得したのだろうか。

「えっ……ああ、いえ、こっちの話ですよ。それより、いますよ。皆月さんは確かに島にいます」

疑問を抱くが、答えは教えてもらえない。露骨に話を逸らされた気がした。

（……なにかあるのでしょうか？）

考えても、答えが出せるはずもない。たぶん、聞いたところで答えは教えてもらえないだろう。

「それでその、皆月さんがどこにいるかはご存じですか。祭りの巫女をするということですが……」

仕方がないので、まずは昴の居場所についての情報を集めることにする。

「いえ、それは知りません」

けれど、男たちからは芳しい情報を得ることができなかった。

ならば、別に気になることを尋ねてみることにする。

「では別の質問ですけど、あなたたちはなにをなさっているのですか。こんな浜辺に突っ立って。彼女たちみたいに泳いだりしないのですか?」

沖ではしゃいでいる女性たちへと視線を向けながら問う。

その問いに対する答えは――。

「まさか、そんな恐れ多いことはできませんよ」

などというものだった。

「恐れ多いって、どういうことですか。もしかして、この海ってなにか神聖だったりするのですか。私たちも泳ごうかと思ってここへ来たんですけど」

信仰の問題だったりするのだろうか。だとすると、このきれいな海を前におあずけなんてことになりかねない。

だが、その心配は杞憂だったらしく「いえいえ、大丈夫です。私たちが泳げないというだけですから、お客様はこの海をたっぷり堪能《たんのう》してください」と微笑んでくれた。

無骨な男の少しぎこちなさを感じさせる笑みである。男が一瞬見せるこういう少しかわいらしさを感じさせる姿は嫌いではない。

「まぁ、そういうことなら、遠慮なく泳がせてもらうっす」

悟は素直に男たちの言葉を聞き入れ、さっさと海に飛びこんでいった。気持ちよさそうに「最高！」などとはしゃいでいる。そんな姿を見ていると、咲も海に飛びこみたい気分になってきた。男たちはそれを見越したように「雨宮さんもどうぞどうぞ」と薦める。

「その前に、ひとついいですか」

「なんでしょうか」

「今日から二十年に一度のお祭りだって聞きましたけど、どういうお祭りなのでしょうか。私たちみたいなよそ者が参加しても構わないようなものなのでしょうか？」

村長である凜音からの誘いだから、祭りに参加することに問題はないということはわかっている。ただ、島の人間がどう思っているのかはわからない。それを知っておきたかった。

「ああ、その点なら問題ありません。むしろ、大歓迎です。二十年前にも島の外から人が来ていましたしね」

「なるほど。ありがとうございます」

ならば、島民たちの心情的にもなんら問題はないだろう。咲は礼を言うと、今度こそ自分も海に飛びこんだ。

身体が海の冷たさに包まれる。それが本当に心地いい。こんなに透明度の高い海で泳ぐこと自体はじめてである。正直、この経験だけでもこの島に来てよかったとさえ思えるレベルだ。

そんな咲たちに気づき、女たちが近づいてくる。最初彼女たちはよそ者である咲たちに対して訝しげな表情を浮かべていた。けれど、昴を探しに来たのだと告げると、男たち同様やはり笑みを浮かべ、咲や悟を歓迎してくれた。

(外部とほとんど接触がないだろう孤島の人間と言うには人懐っこい人たちですね。やはり南の島の人たちというのは大らかということなのでしょうか？)

などということを考えながら、海を堪能する。正直、仕事のことだって忘れてしまうくらいに海は最高だった。

チラッと悟を見る。島の女性たちに、積極的に話しかけられるという状況にデレデレしていた。これだから男はと呆《あき》れる。

だが、そんな咲も海からあがったとたん――。

「さぁ、これで身体を拭いてください」

海辺に立っていた男たちにバスタオルを差し出されると、なんだか悪い気はしないのだった。

ただ、同時に男たちが恐れ多いと言っていた理由も、なんとなくだが理解した。

彼らは女性たちの面倒をかいがいしく見ている。女性たちが声をかけるたび、素直にそれに従っていた。どうやらこの男たちは女性たちの使用人のような立場らしい。

(身分制度のようなものが残っているのかもしれませんね)


そうして海でしばらく時間を過ごしてから数時間後、用意された部屋で休んでいたら、咲のもとに三島が現れた。

「雨宮様、豊穣祭開始のお時間です。お手数をおかけしますが、私についてきてください」

ようやく祭りがはじまるらしい。

(孤島で行われる二十年に一度の祭りですか――少し興味深いですね)

多少興味深いものを感じつつ、悟や洋介とともに三島の案内に従って、村の中央広場へと移動した。

広場というだけあって、大きく開けた場所である。そこに長テーブルが用意されている。しかも、かなりの数だ。それに島民と思われる人々が座っている。五百人近くはいそうだ。たぶん、島民全員が集まっているのだろう。

「これは？」

「今から島民全員で食事をします。それが豊穣祭の儀式です」

「なるほど。で、私たちはどこに？」

「お客様方はあちらに座っていただきます」

そう言って三島が指し示した先には、ステージのようなものが用意されていた。ステージ上にも長テーブルが用意されている。中央には凜音が当然のように座っていた。かなり目立つ場所である。

「あそこっすか。なんかお偉いさんが座る席みたいっすけど、僕らみたいなよそ者が座っていいんっすか？」

尻ごみしたように、悟が尋ねる。

「問題ありません。あなたたちはお客様ですから」

「……わかりました」

あまり目立ちたくはないけれど、強く拒絶するというのも非礼な気がするので素直に従い、凜音に並ぶように壇上の席に着いた。

島民たちより一段高い席だ。ここからだと集まっている島民たちの姿がよく見える。

彼らは全員琉装に似た着物姿だ。最初村に着いたときに出会った女性たちのようなラフな服装の人間はいない。たぶん、この着物がこの島の正装なのだろう。そんなことを考えながら席に着いているニコニコ顔の村人たちを観察し——座っている村人たちはきれいに男女に分かれていることに気づいた。

女性たちは中央より、それに対し、男性たちはみんな外側に座るというかたちだ。それに、テーブルの上に置いてある料理にも格差があるように感じる。

(海でも男たちが使用人のようでしたね。この島では男女間に格差があるということなのでしょうか?)

などということを考えていると、隣に座っていた凛音が、テーブルに置かれた杯を手に取って立ちあがった。それにつづいて、島民たちも立ちあがる。同じように島民たちも杯を持っている。これは自分たちも従ったほうがいいだろうと思い、咲も悟や洋介とともに杯を手に取り、立ちあがった。

杯の中には透明な液体が注がれている。匂いで酒だということがわかる。香りだけで銘柄まで判断することはできない。いや、考えたところで無意味だろう。たぶん、これはこの島の地酒だ。

「では、これより豊穣祭、第一の儀式をはじめる——乾杯」

などと思考している咲の隣で、凜音が杯を掲げた。村人たちも「乾杯！」と唱和する。咲もそれに従って杯をあげた。そして、酒を飲む。

（ん……これは……）

口内に酒の味が広がる。辛口で芳醇だ。それでいて、スッキリとしていてキレがいい。はじめての味だが、おいしい。これはかなりの酒だろう。一杯だけでは物足りない。もっと飲みたくなってしまう。おかわりはできないだろうかとさっそく考え、チラチラと視線を周囲に向ける。すると、悟と目が合ってしまった。彼は横目でこちらを見ている。

瞬間、脳裏に先日の出来事が蘇《よみがえ》った。

（だめですね。もっと飲みたいですが、この島で例の癖を出すわけにはいきません）

慌てて自分に言い聞かせて自制した。ここで酔っぱらって男に手を出すなんてことをしてしまったら、明日には島民全員に知られてしまうだろう。ここはそれだけ小さな島なのだ。酒はうまいが、我慢しなければならない。

（取りあえず食事に集中して、お酒のことは忘れましょう）

凜音や島民たちが座るのを確認し、咲も腰を下ろす。そして、会食がはじまった。

用意されているのは魚中心の料理だ。味つけは基本的に味噌と塩。素朴な味である。

正直、嫌いではない。ただ少し物足りなさを感じた。先ほど酒を飲んだせいか、もっと味の濃いものが食べたい。例えば肉だ。

（まぁ、そんなわがままを言っても仕方がないですか……）

今晩は我慢するしかないだろう。

そう思い、食事をつづける。ちなみに全員無言だ。島民たちはニコニコと楽しそうな笑みを浮かべてはいるけれど、誰もひと言も発しない。最初凛音は豊穣祭第一の儀式と言った。この会食自体が儀式なのかもしれない。だから、誰も口をきかない。神聖な儀式の最中におしゃべりというのはあまりいいことではないはずだ。

広場に響くのは食器が鳴る音と誰かの咀嚼《そしゃく》音だけで、静かなものだ。

だが、しばらくするとなんだかあたりが騒がしくなった。聞こえてくるのは――。

（豚の鳴き声？）

そう、豚の声だ。聞こえてくるほうへと視線を向ける。すると縄で繋《つな》がれた大きめの豚が、何人かの男たちによって広場へと引き立てられてきた。その光景を凛音も見る。

すると彼女は懐紙のようなもので口もとを拭ったかと思うと、ゆっくりと厳かに立ちあがった。そして、改めて杯を手に取る。すると三島がすばやく凛音に近づき、杯に酒を注いだ。少し羨ましい。

「――捧げる」

改めて酒の注がれた杯を凛音が掲げ、それを一気にあおった。

瞬間、それに合わせるように、豚を連れてきた男たちが棍棒のようなものを振りあげると、容赦なくそれを振り下ろした。

3

食事を終え、咲は用意された部屋に戻った。

(儀式ですか……なるほど……)

広場での光景を思い出しながら、ベッドで横になる。あのあと豚は料理され、集まった全員に振る舞われた。味つけはなかなかで、正直おいしかった。だが、そのうまさを素直に受け止めることはできなかった。

(まさか豚の生きているところから見せられるとは、さすがに思ってもみませんでしたからね……)

悟の表情が青ざめていたことを思い出す。咲だって、正直面食らった。ただ、あれが儀式だと考えれば、わからないでもない。実際、島民たちは当然のように豚を捧げる場面を穏やかな顔で見ていた。

(明日以後の祭りがどうなるのか……少し気になってきましたね)

そんなことを考えながら、眠ろうとする。

島まで来るのに時間がかかったうえ、海で遊んだ。さらにはあの儀式——身体は正直、疲れている。目を閉じれば簡単に眠れそうだ。

だが——。

(だめですね)

目を閉じても眠れない。それどころか、どんどん目が冴えてくる。いや、ただ目が冴えるだけではない。

(身体が……熱いです)

まるで発熱でもしているみたいに全身が火照っている。まるで何杯も酒を飲んだあとのような昂りだ。

(しかし、今晩は最初の一杯しか飲んでいませんよ……)

それなのに身体が——特に下腹部がジンジンと疼いているのはおかしい。本気で酔ってしまったときのような変化だ。思わずもぞもぞと、ベッドの中で腰を左右に振ってしまう。下腹部に手を伸ばしたりもしてしまった。思わず寝間着の中に手を挿しこみ、股間部に触れてみた。とたんに、指先にグチュッと濡れた感触が伝わる。

（これ、もう濡れてます）

まるで失禁でもしたみたいに、ショーツは愛液に塗れていた。寝間着から手を引き抜いて指を見る。窓の外から射しこむ星明かりで、濡れた指先がヌラヌラ輝くさまが、我ながら淫靡だった。

（これは少しマズいですね）

こんな状態では眠れそうにない。オナニーするべきかと考える。それも悪くない考えではある。自慰をすればスッキリできることは間違いないだろう。だが、脳裏に今日見た男たちの逞しい肉体がチラつく。できることならば、男の肌を感じたい。思いっきり腰をたたきつけられたい──そんなことを考えてしまう自分がいる。

となると、相手が必要になる。

最初に思いついたのは悟だ。だが、それではだめだ。悟は童貞。童貞相手では、たぶん満足できない。だとすると、洋介というのはどうだろうか。悪くない選択な気がする。なにしろ、洋介の身体つきは咲好みだ。それに、洋介には昴という恋人がいる。つまり、童貞ではないはずだ。

（うん。ありですね）

洋介は昴のことをかなり強く想っている。つまり、行為のあと、自分に懸想するようなことはきっとないだろう。ひと晩だけの相手にはうってつけな気がした。昴を想ってしてくれないという可能性もあるが、その辺は腕の見せ所だろう。

そうと決まれば善は急げだ。

ベッドから起きあがり、洋介の部屋に向かおうとする。

部屋の戸がノックされたのはそんなときだった。

「……三島です」

つづいて、ドアの向こうの相手が名乗る。

「三島さん？」

時計を見る。時間はすでに午前一時をすぎていた。こんな時間にいったいなんの用だろうか。そんな疑問を抱きつつ、戸を開ける。すると、確かに廊下には三島が立っていた。

着物姿ではない。黒いタンクトップにハーフパンツというラフな姿だ。着物よりも露出は多い。当然のように筋肉のついた腕や脚が剝き出しになっていた。厚い胸板もタンクトップからのぞき見えている。じつに男らしい姿だ。反射的に、生唾を飲みこんでしまう。

胸が高鳴る。ただでさえ感じていた火照りや疼きが、さらに大きなものに変わった。

「えっと、こんな時間になんの用事でしょうか」

動揺を悟られないように、必死に押し隠しながら尋ねる。

その問いに対し、三島は――。

「主人の命で、夜伽《よとぎ》にまいりました」

あっさりと、そんな言葉を口にした。

「よ、夜伽ですか？」

「はい」

まっすぐこちらを見つめながら、コクッと頷く。冗談ではなく、本気らしい。

「……でも、なんで？」

「お客様へのおもてなしです」

「おもてなしって……」

どう反応すればいいのかわからず、立ちつくす。

「必要なかったでしょうか。それとも、私ではない別な者のほうがよろしいですか」

三島がなんだか申しわけなさそうな視線を向けている。逞しい男の縋《すが》るような視線だ。なんだかそのギャップに胸が脈打つ。

今の時代に夜伽など普通ではない。それに、男が女の伽をするというのもなかなか聞かない話だ。だが、それは孤島の習慣というものなのかもしれない。郷に入れば郷に従え。断るというのは非礼な気がする。実際、身体の昂りはどうしようもないほどのレベルだ。肉体は男が欲しいと叫んでいる。

向こうから来てくれたのだ。遠慮する必要などないだろう。

「わかりました。では、よろしくお願いします」

好みのタイプだし、悪くない——そんな思いにあと押しされるように、咲は三島を室内に招き入れた。

部屋の中で、三島と向かい合う。

咲の身長は一六七センチほどある。女にしては高いほうだ。しかし、三島はそんな咲より頭ひとつぶんは背が高い。一八〇センチほどはありそうだ。まるで巨人を前にしているかのような圧迫感だ。けれど、それがさらに咲を興奮させる。これからセックスをするのだという事実を突きつけられているような気がして、秘部がさらにジンジンと疼いた。そんな昂りにあと押しされるように、自分から三島の身体を抱きしめる。すると、三島のほうも咲の身体を抱き返した。そのまま、流れるように唇を重ねる。

「んっふ……んんんっ」

口唇の生温い感触が、咲の唇にも伝わってきた。これだけでも十分心地いい。しかし、唇をただ重ねるだけでは満足できない。もっと三島を感じたい、唇を貪りたいという思いがふくれあがる。咲は当然その欲望に逆らうことなく、重ね合わせた口唇を開くと舌を伸ばし、三島の口腔《こうこう》に挿しこんだ。応えるように、三島のほうからも舌を伸ばす。舌と舌をからめ合わせた。

そのまま互いの口腔を貪るように舌でかき混ぜる。繋がり合った唇と唇の間から、グチュグチュという卑猥な音色が響いてしまうことも厭《いと》わない。本能のままに厚い肉体を強く抱きしめつつ舌を蠢かし、頬を窄《すぼ》めて口腔を強く吸いあげた。三島も同じように咲の唇を吸いつつ、ときには口内に唾液を流しこんだりもする。まるで頭の中をじかに舌でかき混ぜられているかのような感覚だ。

全身から力が抜けそうになる。肉体はより熱く火照り、ショーツの中で花弁がクパアッと開くのがわかった。興奮はどんどん大きくなってくる。

それは三島も同じだ。

自分の下腹あたりに当たる三島の股間部が、ふくれているのがわかる。グリグリと押しつけられるふくらみから伝わってくるのは、服の上からでもはっきりとわかるほどの熱気だった。

「勃起……していますね」

いったん唇を離し、囁くように告げる。唇と唇の間に、唾液の糸が伸びた。

「はい。してます。勃起してます」

「私とのキスで興奮してしまったのですね？」

その問いかけに、三島は素直に首を縦に振った。

「そうですか……では」

男が自分との行為で興奮し、感じる姿を見るのが好きだ。だから、もっともっと興奮させたくなるし、強い快感を刻んでやりたくなる。

そうした思いに抗わない。

三島のハーフパンツに手をかけると、躊躇することなく、下着ごとそれをズリ下ろした。

とたんに、勃起した肉棒がビョンッと跳ねあがるように、露になった。視界に、ガチガチに硬くなった肉槍が入りこむ。

「へぇ……これ、想像以上ですね」

長さは二〇センチ以上はあるだろうか。太さはちょっとしたバナナよりも大きく見える。赤黒くふくれあがった亀頭部は、赤子の拳ほどの大きさはあるように見えた。逞しい肉茎には幾本もの血管が浮かんでいる。呼吸するようにヒクッヒクッと動いている有様が、じつに生々しい。

（この長さ……子宮にまで届きそうですね）

下腹がキュンッと疼き、ジュワリッと愛液がさらに溢れ出すのを感じた。早くこれを蜜壺で咥えたいという思いが抑えがたいほどにわきあがる。

だが、すぐに挿入はしない。我慢する。そして、抑えこむ。

まずは愛撫でこの男を感じさせたい。

手を伸ばすと、キュッと肉茎を握りしめた。

とたんに、三島の全身とペニスがビクリッと震える。その口からは「うっ」と心地よさそうな呻き声が漏れた。感じてくれているらしい。

そのことに喜びを感じつつ、愛撫を開始する。握るだけでは終わらない。ゆっくりとやさしく、肉槍をシコッシコッシコッと上下に扱いた。

「うっは……くぅうっ……それ、いいです」

三島はすぐに快感を訴える。それは言葉だけではない。肉体でも愉悦を訴えるように、さらにペニスをふくれあがらせ、肉先からは半透明の先走り汁を分泌させはじめた。それが指にからみつく。結果、手淫に合わせて、グッチュグッチュグッチュという湿った音色が部屋中に響きわたった。

「はぁああ……雨宮様、それ、凄くうまいです。こんな、気持ちよすぎて、簡単に射精してしまいます」

「構わないですよ。出したいなら、射精してください。あなたの精液を見せて」

この男の精液を絞り取ってやりたい——欲望のままに愛撫をつづける。

「それは……だめです」

「どうして？」

「私は……雨宮様に奉仕をするためにここに来たんです。だから、私だけ気持ちよくなるわけにはいきません。だ、だから……」

そう言うと、咲の愛撫にビクビク身体を震わせながらも、三島のほうから手を伸ばしてきた。こちらのパンツに手を挿しこんで、愛液で濡れそぼったショーツに指先を這《は》わせた。股間部を圧迫するように、太い指で押してくる。

「んっ！　あっ……はぁあああ」

とたんに、一瞬目の前が真っ白に染まるほど強烈な性感が走った。全身が甘く痺れるような刺激に、反射的に喘ぎ声を漏らしてしまう。

そうしたこちらの反応にどこか満足そうな表情を浮かべつつ、三島はさらに指を蠢かした。ただ秘部を押しているだけではない。ショーツ越しに秘裂をなぞるように刺激を加える。いや、下着越しだけではなく、中にまで指を挿しこんだかと思うと、じかに秘裂を撫であげたりもした。

「んんっ！　あっ……それっ！　あっひ……あっあっ……はぁああ」

肉体は敏感に反応する。思考まで蕩《とろ》けるような性感に、電気でも流されたみたいに肢体をヒクつかせた。

久々のセックスだからか、それとも南の島という開放的な状況のためか、肉体はふだん以上に敏感になっている気がする。数度秘部を擦《こす》られただけで、絶頂衝動さえふくれてきた。強烈な快感にこのまま流され、達してしまいたい。

だが、そうした思いを抑えこんだ。

自分だけイクのはおもしろくない。達するときは、ともに達したいと思ってしまう。

三島の愛撫に肢体を震わせ、荒い吐息を「はぁ……はぁ……」と漏らしつつも、肉棒を握る手に力をこめる。先走り汁で濡れた指の一本一本を肉茎にからみつけるとともに、根元から肉先までを丹念に、丁寧に、改めて扱いた。

部屋の中央に向かい合わせで立ち、身体を密着させた状態で互いの性器を刺激しあう。愛撫の動きに比例して大きくなる、グッチュグッチュという湿り気を帯びた卑猥な水音に、身体はどんどん昂ってきた。

それを伝えるように愛撫をつづけながらキスを求めると、三島は唇を躊躇なく重ねてくれた。秘部を刺激しつつ、口内を舌でかき混ぜる。まるで自分の身体すべてを三島に弄《いじ》りまわされているかのような感覚が、たまらなく心地よく――。

「んっふ、んんんっ！　も、もう……私……」

あっという間に、肉体は限界へと昇りつめた。

「こっちも……出ます」

三島も射精を訴える。肉棒が手の中で激しく震えているのがわかった。

「では……ん！　いっしょに」

「はい。イキましょう、ふたりで」

言葉とともに、クリトリスを指で押してくる。指先で圧迫しつつ、シコシコと扱くように刺激してきた。そんな愛撫とシンクロするように、ペニスをより強く握って圧迫しつつ、指で尿道口を何度も擦った。

そうした愛撫に、ただでさえ大きな肉槍がよりふくれあがるのを感じながら――。

「い、イクっ！　あっあっ……んはぁあああ」

咲は達した。

視界が真っ白に染まりそうなほどの快感に全身が包まれていくのを感じつつ、肢体を激しくビクつかせる。

「うっく！　くうう」

刹那、三島も射精した。

絶頂に震えながら快感の吐息を漏らす咲の手に、白濁液をドクドクと撃ち放つ。指や手のひらが、熱い汁に塗れるのがわかった。

「はぁああ……いい……」

伝わってくる熱気も心地いい。全身が弛緩《しかん》するような絶頂感覚にうっとりと表情を蕩かせながら、三島に強く自身の身体を密着させ、余韻に浸った。

「気持ちよさそうですね。感じていただけたようで、私もうれしいです」

三島が咲に微笑みを向ける。

「最高でした。でも、私はまだ満足できません」

上目遣いで三島を見る。

「もちろん、わかっていますよ」

三島が頷く。それとともに、射精を終えたばかりの肉棒が、手の中で再び硬く、熱く屹立《きつりつ》した。射精直後とは思えないほどの猛々しさだ。ドクッドクッドクッという脈動まで手のひらに伝わってくる。

「本当に逞しいですね。これ、手で感じるだけでは物足りないです。だから……来てください」

肉棒が欲しい。この逞しいものを膣で感じたい——そうした欲望を、躊躇うことなく伝える。

「もちろん、そのつもりですよ」

三島は欲望に応えるように、床に敷かれた布団に咲を押し倒した。そのうえで、咲の寝間着を器用に脱がせる。乳房が、少し薄めの陰毛に隠された秘部が、すべて剝き出しになった。

「どうですか。身体にはけっこう自信があるのですよ」

「はい、とてもきれいです」

頷きつつ、三島も服を脱ぐと、どこからかコンドームを取り出し、装着しようとした。

「ゴムは必要ありません。私はそのままするのが好きですから」

「しかし、それは……」

「大丈夫、ピルを飲んでいますから」

生理痛がひどいほうなので、定期的に服用している。だから、妊娠の心配はない。

「ピル……ですか？」

三島は少しだけ驚いたような表情を浮かべる。そのあとすぐ、なにかを考えるような目つきになった。

「どうかしましたか？」

これはどういう反応だろうか。

「えっ……あっ、いえ……なんでもありません。それならば、わかりました。このまま失礼します」

「はい……来てください」

ペニスを感じたいという思いはより強くなっている。それを訴えるように自分から足を開いた。クパッと肉花弁が開き、ぽっかり空いた膣口を剝き出しにする。まわりのヒダヒダが、早く挿《い》れてくれと訴えるように、淫靡に蠢いた。

「では、いきます」

肉穴に、三島がペニスの先端部を密着させる。

「あっ……んんんんっ」

膣口と亀頭がキスをした。グチュッという音色が響くと同時に、甘い性感が走る。蕩けた声を反射的に漏らしつつ、花弁からはさらに蜜を滴らせ、亀頭部をグッチョリと濡らした。

三島はそんな秘部をペニスで何度も擦っている。肉棒を花弁になじませるような動きだ。その刺激にくり返し肢体を震わせつつ、亀頭部に肉襞をからみつかせる。

刹那、三島が腰を突き出した。

「あっ！　んっは……あっあっ……んぁあああ」

挿入がはじまる。

巨棒が膣口を拡張し、ズブズブと、奥へ奥へと侵入してくる。蜜壺が内側から拡張されるのがわかる。身体を押し開かれるような感覚だ。まるで巨大な杭《くい》を穿《うが》たれているようにさえ感じる。突き立てられているのは膣口でしかないというのに、息がつまりそうなほどの強烈な圧迫感を覚えた。身体が作りかえられるような気さえする。

けれど、それがいやだとはまったく思わない。それどころか、幸せにさえ感じる。

女に生まれてよかったと、いちばん強く思う瞬間だ。

「はぁああ、これ、凄く大きいです。私の……はぁはぁ、いちばん奥まで届いています。とても逞しいですね。最高です」

亀頭が子宮口に当たっているのがわかる。まるで自分の身体が男の一部に変えられたかのような感覚だ。その心地よさを素直に言葉にしつつ、肉体でも愉悦を訴えるように蜜壺を収縮させ、ペニスをきつく締めつけた。同時に、子宮口を亀頭に吸いつかせる。

「くうう、いいです。私も最高にいい。雨宮様の中、簡単に射精してしまいそうなほどに気持ちいいですよ」

「そうですか……ふふ、そう言ってもらえると私もうれしいです。でも、これだけじゃ満足できません。その意味……わかりますね？」

「もちろんですよ。本番はこれからです」

挿入だけでは物足りない。自分のすべてに肉棒を刻みこんでほしい——そんな願いに、三島は気づいてくれる。

ドクンッと膣の中で肉棒を一度大きく脈打たせたかと思うと、ピストンを開始した。その勢いに加減などいっさいない。大きな動きで腰を打ち振るっている。ふくれあがった亀頭で、ドッジュドッジュドッジュと子宮口を幾度となくノックした。

「はっふ！　あああ……そう、これ！　これです！　これ……んっは、あっあっあっ！　い、いいっ！　凄く！　んふうう！　凄く……いいですよ！　あああ、最高！　最高です！　はっふ、んふう！　あうう！　んっはぁあああ」

快感が肥大化する。ズンッと子宮口をたたかれると、脳天まで突き抜けるような性感が走った。全身が溶けてしまいそうなほどの快感——自分に重なる三島の背中に手をまわして強く抱きしめつつ、自身の快感を躊躇なく口にする。それとともに自分からも男の動きに合わせるように腰を振った。もっと奥まで突いてほしい。もっと激しく子宮をたたいてほしいと訴えるように……。

そんな求めに応えるように、三島はピストンのストロークをどんどん大きなものへと変えてくれるのだった。

「あっあっあっ……あああーっ！」

歓喜の悲鳴が部屋中に木霊する。

4

「ああ！　いいっ！　いいっ！」

声が聞こえた。艶やかな女の声だ。同時に、パンパンパンッと、なにかがぶつかり合う音も聞こえた。

（……なんだ？）

その声で、音で、悟は目を覚ました。

目を擦りながら身を起こす。最初は気のせいかと思った。

けれど――。

「もっと、もっと激しく。もっと強く突いてください！　もっと……奥までっ！」

はっきりと声が聞こえた。隣の――咲の部屋から聞こえている。

（この声……まさか……）

ドクンッと胸が鳴る。なんだか、いやな予感がした。

起きあがり、壁に耳を当ててみる。

「気持ちいいです。これ、イキそう……ああっ、私、簡単にまた……イッちゃいそうです！　んんん！　いい！　あなたのち×ぽ……とっても、いいですよ」

これまで以上にはっきりと女の――咲の声が聞こえた。いったいどういう状況なのか。姿を見ることはできない。しかし声だけでも、咲が誰かといっしょにいて、セックスをしているということだけはわかった。

とたんに血の気が引いていく。頭の中がごちゃごちゃになって、なんだか吐き気までこみあげてきた。
そうなってしまうのも当たり前だ。好きな女が自分以外の男に抱かれてよがってい
る声を聞いて喜ぶ男がどこにいるというのか……。
そう、悟は咲のことが好きだ。
バイトの面接で咲の事務所に出向き、一対一で顔を合わせた瞬間、好きになってし
まった。ひとめ惚れだ。以来、ずっと咲のことを想っている。
そんな咲が壁を隔てた隣の部屋でセックスをしている。相手が誰かはわからないけ
れど、絶対に聞きたくなどない。壁から耳を離さねばならない。
——と、頭の中では思ったのだけれど、なぜか身体を動かすことができない。
まるで金縛りにでも遭ったかのように、身動きが取れない。それどころか、より強
く耳を壁に押しつけたりもしてしまう。
「出ます。もう、出ます」
そんな悟の耳に、男の声が飛びこんだ。
「構わないです。出してください。私の中に、あなたの熱いザーメンをたくさん注い
でください……んっふ、あんん！　んふうう！」
男に応じる咲の声も届く。

（な、中って……だめ。だめです。雨宮さん、それはだめです。やめて……やめてくださいっ！）

咲の膣に知らない男の精液が流しこまれるなんて考えたくもない。心の中で必死に咲を引き留める。だが、心の声は心の中のものでしかない。当然、届かない。

「イキます……くううっ！」

男が呻いた。

それとともに――。

「あっ！　来た！　んんっ！　出てる。中に出てるの……わかります！　熱いのが来ています！　はぁああ……いいっ！　いいです！　これ……イクっ！　あっあっ！　イクぅっ！」

咲も達した。

これまで聞いたこともないほど、艶やかで女を感じさせる声だった。

（イッてる……雨宮さんが……俺以外の男とセックスして……イッてる？）

最低で最悪の状況だ。

だというのに、これまで感じたこともないほどの昂りを、悟は感じていた。

ペニスが自然と勃起してしまう。いや、勃起だけではすまなかった。

なにも刺激していないというのに、気がつけば——。

「ああ、凄く……いいです……」

という咲の性感に塗れた声を聞きながら、悟は肉棒からドクドクと精液を撃ち放っていた。

第二章　島の教え

1

外から射しこむ陽射を感じ、ゆっくりと咲は目を覚ました。目を開けたとたん、視界に入りこんだのは眠る男――三島の顔だった。昨晩、行為のあと、そのままふたりで眠ってしまったことを思い出す。

(昨晩は悪くありませんでしたね)

夜伽をするなどと言ってきただけのことはある。三島のセックスはこれまで経験してきたなかでもかなりうまいものだった。おかげで、心も身体もスッキリしている。心地よさを感じながら、身を起こす。

「おはようございます」

すると、三島も目を覚ました。

「昨晩は、ご満足いただけたでしょうか？」

「はい。それはもちろん。ありがとうございました」

礼を言いつつ立ちあがる。昨日したまま寝たので全裸だ。三島の前だが、昨日あんなことをしたあとなので、特に気にしない。室内を見まわすと、脱ぎ捨てた寝間着や下着が乱雑に転がっていた。ただ、すでに朝だ。これを着るような時間帯ではない。

「寝間着は私が洗濯をしておきます」

「そうですか。助かります」

いちおう一週間分の着がえは持ってきているけれど、洗ってもらえるのならば、それはうれしい。

喜びつつスーツケースを開け、どの服を着るべきか考える。昨日は到着したばかりであり、海辺にしか行っていない。今日はもう少し島内をまわり、村人たちに話を聞いてみたい。昴が島にいるのは確実で、祭りの最終日には会えるとのことだから、彼女について調べる必要はあまりないだろうが、この島や祭りのことを知りたい。仕事とは関係ない純粋な知識欲だ。そう考えると、あまり失礼にならない格好のほうがいいだろう。となると、スーツを着るべきかと思うが、この島の南国的な気候でスーツというのはちょっときつい。

(まぁ、この島の人々はけっこう大らかそうですし、世間話と考えれば、ラフな格好でも問題はないでしょうね)

Tシャツにクロップドパンツという軽い服装を選んだ。ただ、すぐには着ない。身体が汗ばんでいるからだ。昨日はちょっと、はりきりすぎた。浴室でシャワーを浴びようとする。

「シャワーですか。ああ、だったらその、少しお手間をかけますが、改めて寝間着を着ていただいてもよろしいでしょうか。ご案内したいところがあります」

「へえ、いったいどこでしょう?」

いったいどこだろうかと興味を抱き、寝間着を改めて身に着けると、今日着ようと思った服を持って、三島とともに部屋を出た。そうして案内された先は、敷地内に建てられた別の離れだった。いったい、この屋敷はどれだけ広いのだろうか——などということを考えながらその離れに入る。すると、そこは——。

「温泉ですか?」

「はい。久杉家の自慢です」

大浴場だった。しかも、露天である。温泉からは青い海がよく見えた。最高のロケーションだと言っていいだろう。

「この島……来てよかったです、ホントに」

心の底からそう思いつつ、寝間着を脱ぎ捨てた。

「お背中、お流ししますね」

三島も全裸となる。逞しい胸板や太い手足が再び視界に飛びこんだ。こうして明るい場所で改めて見ると、本当に男らしい身体つきだ。自然と昨晩の行為を思い出し、少しだが、身体が熱くなってしまった。

そうした思いを押し隠し、大浴場の洗い場で汗を流す。背中を流すという言葉どおりに、三島が背中を擦ってくれた。そうしてスッキリしたところで、ふたりそろって温泉に浸《つ》かる。全身が温かな湯に包まれた。とても心地いい。

きれいな景色を見ながら温泉に入る。これほど贅沢《ぜいたく》なことはないだろう。しばらくの間、無言で温泉と景色をひたすら楽しんだ。

「おうかがいしても、いいですか？」

しばらく温泉を堪能したあと、湯に浸かったまま三島に尋ねる。

「なんでしょう。私がお答えできるようなことでしたら、なんでもお尋ねください」

「では、遠慮なく。その、この島の祭りのことです。いったいどういうことをするのでしょうか。昨日はただ食事会をしただけですが、ほかになにか儀式的なものを行ったりするのでしょうか？」

仕事は特に関係ない。純粋に気になったことを聞いてみる。

「ああ……祭りに関してですか。基本的には毎日、食事会をするだけですね。あれが豊穣祭において最も大事な儀式ですから」

「食事をするのが大事？」

「みんなで食事をすることで、生贄《いけにえ》を神に捧げるのです」

「生贄……つまり、あの豚ですか。なるほど……それでその、いったいどういういわれから豚を生贄に差し出すことに……お祭りということは意味があるのですよね？」

「はい。伝承によると、かつて島が飢饉《ききん》に襲われたことがあったらしいのです。その際、島の人々は救いを求めて神に生贄を捧げたと……」

「それによって島は救われた？」

「言い伝えが正しければ、そういうことですね」

「だから、生贄を捧げるということですか。つまり、今晩もまた豚を？」

「いいえ、日ごとに変わります。伝わっている話によると、最初家畜を生贄として捧げたのですが、それだけでは完全に飢饉は解消されなかった。なので、島の人々はさらに生贄を捧げつづけたとのことらしいのです」

「……生贄の種類は四つですか？」

「そうです。よくわかりましたね」

「まぁ、それくらいは……」

祭りは四日間つづくと、凜音は言った。そう考えれば、想像はつく。

「では、これからはなにが生贄になるのですか」

ただ、内容まではもちろんわからない。

「それは——まぁ、秘密にしておきましょう。そのほうが、豊穣祭を楽しめるでしょう？」

イタズラっ子みたいな顔で、三島が笑う。

確かにそれもそうだと思い「わかりました。では楽しみにさせていただきますね」と、咲も三島に対して笑ってみせた。

「それで、今日は儀式の時間までどうするおつもりですか？」

三島が話題を変える。

「ああ、ちょっと島をまわって、島民のみなさんにいろいろ話を聞いてみようかと思っています。せっかく、この島に来たのですから」

「なるほど。であれば、私が島の案内をいたしましょうか？」

「ああ、それは助かります。ぜひ、よろしくお願いします」

そんな会話を交わしつつ、咲はしばらく温泉を堪能した。

2

「えっ……三島さんといっしょにっすか？」

温泉から出て着がえたあと、屋敷の食堂で、やはり三島が用意してくれた朝食を悟や洋介と楽しみつつ「今日は三島さんといっしょに島をまわってみようと思っています」と、予定を告げると、悟はなにかを言いたげな表情を浮かべた。

「どうかしましたか？」

「えっ……あっ、別になんでもないっす」

態度に不審なものを感じて尋ねてみたが、悟は明確な答えを返してくれなかった。

ただ、態度はけっこう露骨である。悟はチラチラと何度も三島を見ていた。どうやら彼のことを気にしているらしい。

（ああ、そうか……）

そこで悟の部屋が自分の隣だったことに気づく。たぶん、彼は昨晩の声を聞いてしまったのだろう。だから、こういう態度になっている。

（九條くんは私を意識していますしね）

実際、セックスだってしそうになった仲である。少し申しわけなさを感じた。しかし、それを謝るというのも変な話だ。

「で、九條くんはどうしますか。私たちといっしょに島をまわりますか」

気づかないふりをして尋ねる。その問いに悟は、困ったような表情を浮かべてしばらく黙りこくったあと「……洋介はどうする？」と、いろいろなことをごまかすように、無言で食事をつづけていた洋介に声をかけた。

「……雨宮さんたちは村のほうに行くんですよね？」

確認するように、洋介が尋ねた。

「そのつもりですが」

「だったら、俺は別行動します。村のほうには昨日、行ってみましたから。今日は別の場所で昴を探してみます」

「皆月さんには祭りの最終日に会えますよ」

洋介の答えに、給仕をしていた三島が口を挟む。

「それはわかってます。でも、俺は少しでも早く昴に会いたいんです。これまでずっと会えなかった。だから、心配なんですよ。だから……三島さん、知ってるなら、教えてください。昴はどこにいるんですか？」

洋介がまっすぐ三島を見る。その視線に三島は困ったような表情を浮かべつつ「それは、お教えできません」と答えた。

「皆月さんは今回の豊穣祭の大事な巫女です。巫女は儀式の間、特別な場所で祈りつづけなければなりません」

「……その特別な場所を教えてくれるだけでいいんです。場所がわかるだけでも構いませんから」

三島に対して縋るような表情を、洋介が浮かべた。だが、そんな彼に対する三島の答えは「すみません」というものだった。この様子だと、どれだけ聞いても三島から答えを引き出すことはできないだろう。

「だったら、俺は自分で探すだけです」

結局、結論はそういうことになった。

「菅沼くんは皆月さんが本当に好きなのですね」

咲は改めてそんなことを思う。

「はい、好きです。俺は昴を愛してます。昴なしの生活なんて考えられません」

「……どうして、そこまで？」

実をいうと、咲はそこまで強く他者に対して愛という感情を持ったことがない。なんだか面倒くさく感じてしまうからだ。それに、探偵なんていう職業をしているからか、愛とかいう感情を懐疑的に見ている。人の心とは簡単に変わるものなのだ。強くひとりを想うという心があまり理解できない。

「昴は俺の恩人だからです。昴は俺を救ってくれた」

そう言うと、洋介はポツポツと自分の生い立ちを咲たちに話してくれた。

話によると、洋介は天涯孤独の身だったらしい。幼い頃に事故で両親を亡くし、以来施設で暮らしてきたとのことだ。ずっとひとりで生きていくしかないのか――とさえ思っていたらしい。けれど、そんな洋介を昴が救った。

「常に孤独だった俺に、誰かといっしょにいることの幸せを教えてくれたのが昴だ。俺にとって昴は、本当に大切な存在なんだよ」

探偵に依頼し、ついにはこんな絶海の孤島にまでやってくるほどに、昴のことが大切だという洋介の想いが痛いほどに伝わってくる告白だった。

3

屋敷をあとにし、熱い陽射を浴びながら、咲は案内役の三島と並んで島を歩く。ふたりきりだ。洋介も悟もいない。

洋介は朝、話したとおり、昴を探しに出かけた。悟はそんな彼といっしょだ。

空を見あげる。相変わらず日はとても強く、暑い。ただ、東京に比べると湿度がそれほど高くないおかげか、暑さは感じるけれど、なんだか過ごしやすくも感じる気候だ。

(なかなか、気持ちがいいですね)

心地よさを感じつつ、村内を歩く。

人口五百人という小さな島——けれど、人口が少ないわりには村内を歩く島民たちの姿は多い。老若男女さまざまな人々の姿が見える。基本、男女セットでいることが多く見えた。恋人同士や夫婦だったりするのだろうかと、最初は思った。だが、見ているうちに、そういう関係とは少し違うことに、咲は気づいた。

一見すると男女はにこやかな表情を浮かべており、とても仲よさそうに見える。しかし、男女の間には隔たりがある。常に男が女のあとをついて歩いている。どの男女もそうだ。並んで歩いている組み合わせはひとつもない。まるで主人と使用人のようにさえも見えた。

(いったい、これはどういう……)

三島に聞いてみるべきだろうか。

――などということを考えているとき、

「んっ！　あっ！　はふんっ」

そんな声が聞こえてきた。

艶やかで、淫靡な響きが混ざった声である。

(今の声は？)

気のせいだろうか。

しかし「はっふ、あああ……んふぅう」と、再び聞こえた。

(あちらからですね)

海辺のほうだ。

「そう、いいわ。その調子でもっと……んっふ、あんん！　もっと舐めなさい。もっと激しく……ほら、私を感じさせるのよ」

そちらへと向かってみると、三十歳ほどのひとりの女がヤシの木に背中を押しつけた状態で立っていた。そんな彼女の股間部には、男が顔を埋《うず》めている。彼は女の命令に従うように舌を蠢かし、秘部を舐めている。

（こんな時間からですか？）

まだ午前中――しかも、村のすぐ近くだ。村内を歩いている人々の耳にだって、当然声は届いているだろう。だが、女も男も気にしている様子はない。

男は女のもっと感じさせろという命令どおりに、より舌を蠢かし、愛撫を激しいものに変えていく。そこそこ距離が離れているので愛撫の詳細まで確認することはできない。けれど、秘部や肉襞に対する愛撫が濃密なものであることは間違いないだろう。

「あっあっ……最高よ。これ、イキそう……すぐにイッちゃいそうよ」

証明するように女が漏らす声に混じる艶が増えてくる。自身の股間部に顔を埋めた男の後頭部に手を添えると、もっと舐めろというように押しつける。

まさか村の中で、しかも午前中にこんな光景を見ることになるとは思ってもいなかった。呆然と立ちつくしてしまう。すると、三島が「どうなさいましたか？」と、声をかけてきた。

「どうって……あれ……」

男女を指さす。

「あれがどうかしましたか？」

しかし、三島はまるで気にしている様子がない。いつもどおりの日常を見るような視線を男女へと向けている。咲がなにに対して驚きを覚えているのかも理解できていない。

「……えっと、この島ではああいうことをするのは普通なのですか？」

「まぁ、そうですね」

三島はあっさり頷くと「なにかおかしいですか？」と、逆に質問してきた。

「いえ、その……東京では、ああいうことを公共の場ではしたりしないので」

「そうなんですか。えっと、それじゃあ、本土のほうでは子作りが重要な行為だと教わってはいないってことなのですか？」

「……それは大事なことだってことはみんな、知ってますよ。ただ、だからといって人前ではしないということです。えっと、この島では子作りが大事なことだっていう教えから、ああいうことを？」

「はい、えっと……そうだな」

質問を重ねると、三島はどう答えるべきかと少し考えるようなそぶりを見せたあとで「ああ、そうだ。ついてきてください」と、歩き出した。咲はもう一度チラッと男女へと視線を向けたあと、三島に従って歩き出した。

しばらく村内を進む。やがて、ほかの家より少しだけ大きな建物に辿り着いた。

「学校です。ほら、先ほどの疑問に答える授業が、ちょうど行われているところですよ」

子作りに関する授業ということらしい。窓から教室内をのぞいてみる。

教室内は、一見すると普通の教室にしか見えなかった。黒板があり、子供たち用の机が並んでいる。生徒の数は二十人ほどはいるだろうか。人口五百人の島にしては子供の数はかなり多いと言えるだろう。ただ、学年はまちまちなように感じる。成長の著しい生徒もいれば、今年学校に入学したばかりにしか見えない生徒の姿もあった。たぶん、全校生徒がひとまとまりに教室に集まっているのだろう。

男女比はちょうど半々といったところか。ただ、妙な点があった。男女が隣り合うようにとか、混合になって座っていない。女子が前面に集まり、男子は後方だ。さらに妙な点があった。女子は机や椅子に普通に座っているのだが、男子は立っている。机はあるのだけれど、男子たちには椅子がない。

「男の子は座らないのですか？」

「もちろんですよ。座っていいのは女性だけです」

当然のように、三島は頷いた。

いったい、なぜなのかと理由を問うと、

「男は女性とは違って子を産むことができません。女性は神聖な存在。敬われるのは当然のことじゃないですか」

と答えてくれた。

その際に三島が浮かべていた表情は「こんなの常識じゃないですか」とでも言うように、少し呆れさえ混じっていた。

「では、今日も子作りについての授業を行いますね」

教壇に立った二十代後半くらいに見える女性教師が子供たちに告げる。

「子作りの授業ですか？」

「大事なことです。今年のような大豊穣祭は二十年に一度ですが、基本、毎年この時期に祭りは行われています。それに合わせて、学校では子供たちに子作りを教えているんですよ」

三島の説明のとおり、教壇の女教師が子作りの意義についての説明をはじめた。

「昔、この島ではとっても大変な飢饉が起きました。食べ物が取れず、家畜たちも死んでいき、島の人々はなにも食べることができなくなってしまった。大勢の人が死んでしまったのです。そんな飢饉から御柱様がみんなを救ってくれました。けれど、死んでしまった人たちは戻ってきません。人がいなければ、作られる食べ物の量も少なくなりますし、家畜たちの面倒だって見ることができなくなります。だから、子供を作るというのはとても大切なことなんです。わかりますね」

グルリッと教室内の生徒たちを教師が見まわす。すると生徒たちはいっせいに「はいっ」と元気な声で頷いた。

「いいお返事です。それでは子作りの意義がわかったところで、さっそくはじめましょう。今日はそうですね、涼風《すずかぜ》さんと、清水《しみず》」

教師が生徒と思われる者の名を呼んだ。

すると、中学生くらいに見える女生徒——たぶん、こちらが涼風だろう——が立ちあがり、教壇に立つ。それに清水という名の男子生徒がつづいた。

それを確認すると、教師は教卓をどかした。教壇に立つ生徒たちの姿がよく見えるようになる。

「では、まずは愛撫からです。なにをすべきかわかりますね？」

教師がふたりの生徒を見る。すると涼風は「はい」と笑顔で頷くと、躊躇することなくスカートの中に手を入れ、ショーツを脱ぎ捨てた。そのうえで黒板に背中を預けると、両手でスカートを捲《まく》りあげる。教室内、しかも、ほかの生徒たちの目の前だ。彼女だというのに、まるで涼風は気にしたり恥ずかしがるようなそぶりを見せない。彼女の、まだ陰毛も生えていない幼さを感じさせる秘部が剝き出しになった。

そんな涼風の前に清水は跪《ひざまず》くと、先ほど海辺で見た光景と同じように、涼風の秘部に唇をよせていった。

「あっ」

チュッと、清水の口唇が秘部に押しつけられたとたん、涼風は身体をビクリッと震わせるとともに、どこか甘みを含んだ声を漏らした。そうした反応を上目遣いで見つめつつ、清水はさらに秘部に口づけする。一度だけでは足りないというように、チュッチュッチュッと何度も何度もくり返し口唇を押しつけた。そのうえで舌を伸ばし、襞を舐めまわす。グチュグチュという音色が教室中に響きわたった。

「んんん！　あっは……はぁああ……あっあっあっ」

音色とユニゾンするように、涼風は甘ったるい声を漏らす。瞳をトロンと蕩かせ、頰を桃色に染めた。少女ではなく、女の顔としか言えないほど艶やかな表情だ。

「どうですか。気持ちいいですか？」

教師が当然のように尋ねる。

「はい……いいです。凄く気持ちいい」

涼風はやはりまったく恥ずかしがることもなく、コクコクと首を縦に振った。

「はい、いいですよ。しかし、ただ感じるだけではいけません。しっかりどこをどう弄ってほしいのかを男に指示するのも女の仕事ですよ。男の手綱を握りなさい」

「はい……えっと、それじゃあ、清水……もっと上のほうを舐めて……ただ……んっんっ……あっふ、んひんっ……た、ただ、ヒダヒダを舐められるだけじゃ満足できないから……ほら、クリ……クリトリスも舐めるの」

教師の指示に素直に従い、涼風はさらなる行為の指示を出す。その指示に清水も逆らうことなく、勃起しているクリトリスを舌で転がすように刺激した。

「ああ！　それ、それ！　はふぅう！　いいっ！　凄くいい！　それ、とっても……あっあっあっ……とっても気持ちいい」

とたんに、涼風はさらに淫靡に感じはじめる。嬌声に混ざる甘い響きがより大きなものとなり、漏らす吐息に混ざる熱感もより濃厚なものに変わってきた。声だけではなく、全身でも性感を訴えるように、愛撫に合わせてヘコヘコと腰を前後に振る。生徒同士とは思えないほどに、淫猥な光景だ。さすがの咲も見入ってしまう。

「い、イク……これ、もう、イクっ！　先生、私……もう、我慢できそうにないです……あっあっ……はぁあああ」

「構いませんよ。清水……さぁ、涼風さんをイカせなさい」

絶頂をあと押しするように教師が命じる。男子生徒は素直にそれに従い、さらに激しく涼風の秘部を舐めまわした。ときには口唇を強く押しつけ、肉花弁や陰核を吸いあげたりもする。少年とは思えないほどに手慣れた愛撫だ。

「あっあっ……イク！　イクぅうっ！」

よほど心地よかったのか、涼風が達する。両手で清水の後頭部を押さえ、より強く男子の口唇に秘部を押しつけながら、まるで電気でも流されているみたいに全身をビクッビクッと震わせた。

秘部からはまるで失禁でもしたかのように、多量の愛液が溢れ出す。

「はぁああ……気持ちいい」

躊躇うことなくうっとりと性感を口にしながら、絶頂の余韻に浸るように何度も肩を上下させた。

「本当に気持ちよさそうですね。でも、まだ満足してはいけませんよ。子作りの本番はこれからなんですから」

だが、教師は満足しない。さらなる行為を要求する。

「はい……わかってます」

それに涼風は素直に頷いたかと思うと、今度は上半身を黒板に預け、下半身を突き出すような体勢となった。ぱっくり開いた膣口が教室中に曝《さら》け出される。ピンク色の柔肉が美しい肉花弁は、太股を伝って垂れ落ちるほどの愛液に塗れていた。

呼吸するようにゆっくりと開閉をくり返す膣口や、淫靡に蠢く肉襞がじつにイヤらしい。見ているだけで、こちらまで興奮してしまいそうだ。

当然、愛撫をしていた清水もそれを見て鼻息を荒くする。発情した獣のような勢いで、躊躇なくズボンと下着を脱ぎ捨てると、すでにいつ射精してもおかしくなさそうなほどに、ガチガチに勃起した肉棒を剝き出しにした。本能のままにそれを挿入しようとする。

「いけません」

だが、そんな清水に女教師が注意した。

「勝手に挿れてはいけません。女からの許可を待ちなさい」

教師は清水を睨《にら》みつける。男子はビクッと身体を硬くして「すみません」と消え入りそうな声で謝ると、縋るような視線を涼風へと向けた。

そんな男子の態度に女子生徒はどこか優越感を覚えているような表情を浮かべ、

「いいわ。来なさい。私をそれで気持ちよくしなさい」

と、命令を下した。

「は、はいっ！」

許可と同時に、清水はふくれあがった肉先を膣口に密着させると、躊躇うことなく腰を突き出した。

「あっあっ！　入ってきた。あっあっ……おち×ちん……入ってきたぁ」

ズブズブと肉棒が蜜壺に沈んでいく。ペニスが膣口をメリメリと拡張すると、涼風は本当に心地よさそうにブルッと身体を震わせ、結合部からはさらに多量の愛液を分泌させた。

「いい……これ、おち×ちん……気持ちいい」

うっとりと目を細め、口を半開きにする。女の顔――快感を知っている顔だ。こうして、セックスをするのがはじめてではないだろうということがひと目でわかる。

「動いて！　ほら、挿れるだけじゃだめ。このおち×ちんで、私の中を……ふうっふうっ……かき混ぜて」

さらなる指示が飛んだ。

清水はどこまでも素直にそれに従い、ピストン運動を開始する。加減などいっさいない。最初から大きなストローク、速度も激しい全力抽挿だ。

腰と腰がぶつかり合う、パンパンッという渇いた音色が響く。同時に「あっあっあっ！　いいっ！　奥におち×ちん、当たるの……凄く気持ちいい」と、涼風も歓喜の悲鳴をあげた。

その姿はとても子供には見えない。快感に溺れるひとりの女だ。慣れた感じで、清水の動きに合わせて腰まで振っている。

「いいですよ。その調子で、清水はもっと激しく腰を振って、涼風さんはペニスをきつく締めつけなさい」

教室という空間とは似つかわしくない行為だ。だが、教師は気にせず、当たり前のように指導までしている。

生徒たちは素直に従い、清水はストロークをより大きなものに変え、涼風は下腹部に力をこめるようなそぶりを見せた。

咲はそうした光景をしばらく呆然と見つめたあと、今度は視線を教室内の別の生徒たちへと向けた。こんな異常な有様をほかの子供たちはどんな目で見ているのかが気になったからだ。

恥ずかしがっているのだろうかと考える。だが、生徒たちの様子に異常は見られない。普通に授業を受ける子供と変わらない顔をしている。それどころか、ときにはふたりの行為を見て、なにやらノートに書きこんだりもしている。

「もう、我慢できません」

やがて、清水が限界を訴えた。

「そうですか。しかし、ひとりだけイクのはいけませんよ。男には女を喜ばせる義務があります。達するときはいっしょ、もしくは女子のあとです」

「は、はいっ」

清水は頷くと、必死に射精衝動に抗うような表情を浮かべつつ、ただ肉棒を出し入れするだけではなく、ときには円を描くような動きをはじめた。動きを変えることでより強い刺激を涼風に刻もうとしているのだろう。

その動きに、涼風も敏感に反応する。

「当たる！　さっきまでより気持ちいいところに……あっあっ……あ、当たって……これ、先生……私……私もイキそう！　イッちゃいそうです」

今にも泣き出しそうな表情で限界を訴えた。

「そうですか。では、構いません。さぁ、ふたりともイキなさい」

女教師が許可する。

とたんに、清水は「おおお」と吠えるとともに、今にも涼風の身体を刺し貫かんばかりに肉槍を激しく打ちつけた。傍《はた》から見ていても、ひと突きごとにペニスが肥大化しているのがわかる。

「深い！　おっく！　いちばん……んぁああ！　私のいちばん奥まで……清水のおち×ちん、来てる！　無理！　もう、イクっ！　私……イクっ！　イクから……射精して！　清水……たくさん、私の中に熱いの……射精してぇええ！」

涼風のほうからも、清水に腰を強く押しつけた。

刹那、清水がビクビクと全身を震わせる。射精をはじめたらしい。

「はぁああ！　出てる！　あっあっ！　い、イクっ！　んひんん！　イク！　あっあっあっ！　私……イクっ！　清水の……清水の熱いの……中……中にたくさん出されて……イクっ！　イクイク――イクのぉおっ！」

注がれる熱汁にあと押しされるように、涼風も絶頂に至る。

黒板に爪を立て、背すじを弓形に反らしながら、子供とは思えないほど艶に塗れた歓喜の悲鳴を教室中に響かせるのだった。

「はぁああ……はっふ、んふぅう……はぁはぁ……はぁああ……」

やがて涼風は全身から力を抜く。同じように清水もぐったりとした表情を浮かべつつ、肉棒を蜜壺から引き抜いた。とたんに、ぱっくり開いたままの肉穴からはゴポリゴポリと白濁液が溢れ出し、零《こぼ》れ落ちる。

「幸せな気分でしょう？」

熱汁を滴らせる生徒に、教師が微笑む。その笑みに涼風は「はい」と、心の底から満足そうな表情を浮かべて頷くのだった。

「何度も言っていますが、子作りとはとても大切な行為です。ですから、子作りを我慢してはいけません。したくなったらする。それが島のためにもなるのです。みなさん、しっかり励むように」

などという言葉で、教師は授業を終わらせた。

「いかがでしたか？」

そんなやり取りを呆然と見つめていると、三島が囁いた。

「こんなふうに島の者は幼い頃から子作りのやり方や大切さを教えられて育っているんです。ですから、したくなったらいつだってしてしまいます」

「……そう」

としか答えられない。ほかにどんな反応をすべきか、頭が真っ白になっているせいで考えられなかった。

「さて、島の教育についてわかってもらったところで、そろそろ時間ですし、お昼でも食べましょうか。こんな島ですが、いい店があるんですよ」

異様な光景の直後とは思えないほどに爽やかな笑みを三島が向ける。彼にとっては、本当にこの光景が普通なのだろう。

（まぁ……文化というのは地域ごとに、本当に違ったりしますからね）

常識や倫理だって変わる。中の人間が受け入れている限り、外の者が口出しするようなことではないだろう。そう考えることで心を落ち着けると「その、お店への案内、お願いします」と、三島に頭を下げるのだった。

4

「小さな島とは言っても、やっぱり歩きだと大変だな」

汗を拭いながら、うんざりしたように悟は呟く。

「だなぁ」

ともに歩く洋介も疲れた様子だ。取りあえず島を一周してみようということで歩きはじめたはいいものの、舗装されていない道が歩きづらいうえに、暑さも相まって、ふたりは完全にバテてしまっていた。

たぶん、半周くらいはしていると思う。けれど、昴がいそうな場所はいまだに見つかってはいない。

「いったい、どこにいるんだろうなぁ」

呟きつつ、疲労感に促されるように、近くに転がっていた岩に腰を下ろす。洋介もかなり疲れていたらしく、同じように近くに座った。

そのまま、ふたりそろって黙ったまま休む。

打ちよせる波の音色や、空を飛ぶカモメの鳴き声がなんだか心地よい。

「ん……あれは……」

しばらくすると、洋介がなにかに気づいた。どうしたのかと、悟も洋介が見ているほうへと視線を向ける。

十メートルほど離れたところに、着物姿の久杉凜音が立っていた。その細い目でじっとこちらを見つめている。

なんとなく立ちあがり、頭を下げた。

「こんなところで、なにをしているの？」

凛音が近づいて、尋ねる。

「……昴を探していました」

洋介が素直に答えた。

「昴には祭りの最終日に会えると伝えたはずよ」

「はい、それはわかってます。でも、俺は早く会いたいんです。一分でも一秒でも早く、昴に……彼女の無事を知りたいんです。本当に心配で……」

洋介は今にも泣き出しそうな表情を浮かべる。本気で昴の身を案じていることが、ひと目でわかる。

「なるほど……しかし、彼女には大事なお役目があるの。祭りが終わるまで会わせるわけにはいかないわ」

凛音にも洋介の気持ちはわかっているだろうに、にべもない。

「……そこをなんとかお願いできないっすか？」

このままではなんだか洋介がかわいそうだ。悟からもお願いする。

すると凛音は顎に手を当てて「ふむっ」と鼻を鳴らすと、ジッと悟を見つめた。ジロジロと観察するような視線だ。そのうえで、唐突に「ひとつ、聞きたい。九條悟といったわね。おまえは無垢《むく》かしら」などと尋ねた。

「えっ、それって……？」

無垢という言葉の意味が理解できずに首を傾げる。

「……童貞かと聞いているの」

質問の意味を教えてくれた。

「えっ……童貞って……なんで、そんなこと？」

「どうなの？」

なぜかと尋ねても答えてはくれない。凜音はただこちらを見ているだけだ。突き刺さるような刃を思わせる視線に、気圧《けお》されそうになる。

先日の咲との一件もあり、以前よりも童貞であることにコンプレックスを感じている。正直「はい、そうです」と、認めたくない。しかし、嘘はよくないような気がしたので、迷いつつも、結局悟は頷いた。

「そうか……」

その答えに、凜音は満足そうに、そしてどこかうれしそうに笑いながら頷く。

（なんでこんなことを聞く……ってか、洋介には同じ質問、しないのか？）

自分だけ童貞かどうか尋ねられるなんて、なんだか気に入らない。

とはいえ、洋介は彼女持ちだ。しかも、恋人である昴への想いは本当に強い。それだけ恋人と想い合う心があるのだ。童貞か否かなど聞くまでもないだろう。

「よし、では、質問に答えてくれた礼をしなければね」

だが、いやな思いをしただけのことはあったらしい。

「本当ですか。それじゃあ、昴はどこに？」

すぐに洋介が食いついた。

「それはね……と、教えてあげたいところだけど、皆月に関しての問いなら……もうひとつ、そう、もうひとつだけ私の頼みを聞いてくれたら教えましょう」

凜音がもったいをつける。少しだけイラッとする。

「なんですか。教えてもらえるなら、なんでもします！」

しかし、洋介は気にすることなく条件を尋ねる。

「簡単なことよ……おまえ、名前は菅沼洋介とかいったわね。おまえに奉仕を命じるわ」

それが、問いかけに対する凜音の答えだった。

「奉仕？」

洋介が首を傾げる。悟も同様だ。言葉の意味が理解できない。

「簡単なことよ」

すると、凜音はゆっくりと近くにあった岩に腰を下ろすと、躊躇することなく両足を大きく開いた。着物がはだけ、むっちりとした白い足が露になる。

同時に、日の光が着物のはだけた間に射しこむ。秘部が見えた。凜音は下着を穿いてはいなかった。濃い陰毛や、僅かだが左右にクパッと開いた花弁が、はっきりと視界に飛びこむ。

「私のここを愛撫して。舌で、指で……私を感じさせるのよ。奉仕によって、私を絶頂させることができれば、昴がいる場所を教えましょう」

まっすぐ洋介を見つめる凜音の言葉には、いっさい淀《よど》みがない。彼女は本気だ。

「なっ……意味がわからない。どうして、そんなこと」

とはいえ、あまりに異常な命令だ。当然、洋介は戸惑った。

「意味などどうでもいいの。味見をしたくなっただけ。それに、安心して、おまえの純潔を奪うつもりはないから。私はただ、奉仕さえしてくれればそれでいいの」

凜音は洋介をジッと見つめる。

（純潔……どういう意味だ……それって……僕と同じで童貞ってことなのか？）

悟は思わず、洋介をマジマジと確認する。

洋介と昴は大学内でも有名なカップルだ。どこに行くにも常にふたりいっしょで、まわりにどれだけ人がいようが気にすることなくべたべたしている。いきなりキスをはじめることだって日常茶飯事だ。そんな洋介が童貞……ありえない。第一、凜音は悟には童貞かどうか尋ねたけれど、洋介には聞いていない。なにか勘違いしているのだろうかとさえ考えてしまう。

「昴に会いたいのでしょう。さぁ、どうする？」

悟の思考などまるで気にすることなく、重ねて洋介に問いかけた。

洋介は迷うように、視線を宙に泳がせる。だが、やがて意を決したように一度大きく息を吸うと「本当に教えてもらえるんですね？」と、凜音に尋ねた。

「もちろんよ。女影島の長として約束しましょう」

凜音は大仰に頷いた。そのうえで、さらに大きく足を広げる。奉仕をはじめろと、態度で洋介に命じているらしい。

「わかりました」

そんな凜音に対して頷くと、洋介は僅かに躊躇うようなそぶりを見せつつも、彼女の前にしゃがみこんだ。

「どうすればいいか……わかるかしら」

股間を目の前にして固まっている洋介に、凜音が問う。

「……わかります」

洋介はコクッと頷いた。

「純潔だが、やり方は知っているか。昴に教わったのね」

凛音が質問を重ねる。

すると、洋介は驚いたように目を見開いた。図星だと表情が教えている。

(皆月さんに教わった……どういう意味だ……それってやっぱり、洋介は童貞じゃないってことじゃないのか?)

凛音の言葉を洋介は否定しないが、そうとしか思えない——などということをゴチャゴチャ考えている前で「さぁ、早く」と、凛音が洋介を促した。

その指示に素直に従うように洋介は、蟹股《がにまた》に開かれた凛音の股間部に顔をよせると、僅かに開いた秘裂からのぞき見える少し色素が濃いめの肉花弁にチュッとキスをした。

「んっ」

僅かだが、凛音が肢体をビクンッと震わせる。そんな彼女の様子を洋介は上目遣いで確認しつつ、さらに花弁にキスをした。チュッチュッチュッとくり返し口づけをする。一度や二度ではない。啄《ついば》むように、何度も何度も口唇を押しつけた。そのうえで舌を伸ばし、花弁を舐めはじめる。

ゆっくりと呼吸するように蠢くヒダヒダの一枚一枚を、なぞるように刺激した。

「んんん……そうよ。いいわ、いい……あっ……んっは、はぁあ！　あっっあっ……はぁあああ」

舌の動きに合わせて全身をヒクヒク震わせつつ、心地よさそうな吐息を漏らす。愉悦を感じていることを証明するように、舐められる秘部からは愛液まで溢れ出した。傍から見ている悟にも、ひと目ではっきりとわかるほどの量だ。

洋介はそんな溢れ出す愛液を舌で搦《から》め捕ると、そうすることが当然だとでも言うように、それを嚥下《えんか》した。そのうえで膣口に舌を挿しこむと、かき混ぜるようにねっとりと蠢かせる。

ときには陰核にも口唇を押しつけたかと思うと、ジュルジュルと激しく吸いあげたりもした。

「これは想像以上ね。おまえの愛撫、なかなかだわ」

子供を褒めるように、凜音は洋介の頭を撫でながら、妖艶に微笑んだ。

凜音がそう言う気持ちも、なんとなくだが、悟にはわかる。それだけ、洋介による奉仕は手慣れたものだったからだ。どこをどう弄れば女が感じるのかを知りつくしている動きとでも言うべきかもしれない。

陰核へ舌で愛撫を行いつつ、指で膣口を弄ることも忘れない。指先を肉穴に挿入したかと思うと、ジュボジュボと抽挿させはじめた。

（あんなこと、僕にはできないぞ）

悟だって健康な男子だ。ＡＶや漫画、小説、ネット——さまざまな媒体でエロいものを見ている。愛撫に関する知識だって、ある程度なら持っているのだ。しかし、知っているからといって実際にやれるかとなると別問題だ。いざ女性とするとなったら、絶対に緊張してしまうだろう。先日の咲との一件でそれは証明されている。

そんな自分の体験から考えるに、洋介が童貞だというのは嘘としか思えない。凜音に対する洋介の愛撫は、それほどにスムーズなものだった。

「もっとよ。もっと激しく吸いながら、より激しく私の中を指でかき混ぜて」

凜音も満足げな表情を浮かべつつ、さらなる行為を求める。洋介ならば、自分の指示に応えてくれるだろうとわかっているかのようだ。

実際、洋介は凜音の指示に的確に従う。

凜音が舐めろと言ったところを舐め、凜音が吸えと言ったところを吸い、凜音が擦れと言ったところを指で激しく刺激した。

「これは……本当に想像以上だわ。さすがは昴と言うべきか……ああ、イキそうよ。

おまえの愛撫でイキそうだわ」

やがて、凜音が限界を訴える。

この島の気候は夏だけではなく、冬も温暖という。常に眩しい陽射が照りつけている。だから、島民たちの肌色は基本的に小麦色だ。しかし、凜音は違う。島の人間とは思えないほどに白く、透きとおるような肌をしていた。

そんな彼女の絹のような肌が桃色に染まるのがわかる。じんわりと汗まで噴き出していた。それとともに、はっきりとわかるほど濃厚な発情香まで漂わせている。噎《む》せ返りそうなほど濃厚な女の匂いだ。

（これ、ヤバい……）

嗅いでいるだけで、悟の身体まで熱くなってくる。

瞳を潤ませ、半開きにした口から嬌声を漏らす女の匂い——男の本能が刺激される。自然とズボンの中でペニスがムクムクと大きくなってきた。

強烈なもどかしさを感じてしまう。この肉棒を弄りまわしたいとも思ってしまう。だが、こんな場でいきなりオナニーをはじめることなんかできない。まだ理性は残っているのだ。悟にできることは、へっぴり腰のような体勢を取りつつ、ただただふたりの行為を見つめることだけだ。

悟に見せつけるように、洋介は陰核を甘噛みし、膣奥を指先で押しこむように刺激する。凜音の絶頂衝動をあと押しするような愛撫だ。

「い、イク……これはイク……イクわ。イクから、その調子でもっと、もっと激しく……もっとよ」

凜音の黒髪が汗で濡れた額に張りつく様が艶かしい。見ているだけで射精してしまいそうなほどの昂りを感じた。

そんな悟の前で、洋介はクリトリスを強く吸引するとともに、子宮口を押しこむように指を深く挿しこんだ。

「あっ、い、イクっ！　あっあっ……はぁあああ」

条件反射のように、凜音が絶頂に至る。彼女の秘部からはブシュウウッと激しい勢いで愛液が溢れ出し、洋介の顔をグショグショに濡らした。

「んはぁああ……はあっはあっ……あはぁあああ……」

蕩けたような表情を浮かべながら、凜音は何度も肩で息をする。匂い立つ女の色香に塗れたような姿だ。

（うあっ……これ、ヤバいっ！）

その顔を見ているだけで、たまらないほどの昂りを感じてしまう。別に自分でペニスを弄ったというわけでもないのに、昨晩咲と三島のセックスを盗み聞きしてしまったときのように、悟はドクドクとズボンの中に精液をぶちまけてしまった。

「思った以上によかったわ」

もちろん悟の射精になど気づくことなく、凜音はどこか愛おしそうに洋介を見つめ、彼の頭をやさしく撫でた。

「……それで、昴はいったいどこに？」

凜音に対し、洋介はどこまでも冷静に尋ねる。

そうした彼の態度に凜音は、

「余韻もなにもあったものではないわね」

と呟きつつも「いいわ。約束は守るわ」と頷いた。

「昴の居場所は明日、私たちについてくればわかる」

「ついていく……」

洋介は首を傾げた。

「祭りの三日目は夜だけではなく昼間にも儀式を行う。その際、島民総出で巫女が祈《き》禱《とう》を行っている社を訪問するの」

「つまり、みんなで昴のところに行く……」

「そういうことよ。だから、明日になればわかるわ」

そう言うと凛音は立ちあがり、乱れた衣服を整えると——。

「思った以上だったわ。さすがは昴ね。これは最後の儀式にも期待が持てそうだ」

などと悟や洋介にはよく意味のわからない言葉を残し、この場をあとにした。

残された悟たちにできることは、去っていく彼女のうしろ姿をただただ見つめることだけだった。

そして——二日目の夜が訪れる。

第三章　二日目の儀式

1

　夜になると、昨日と同じように、村の中央広場にて会食が催された。昨晩同様、咲たちは壇上に用意された席に座る。テーブルに置かれた料理も昨日と変わらぬものだ。酒もである。

　チラッと横目で中央に座る凜音を観察する。悟から昼間、彼女が洋介に奉仕させた話を聞いた。真っ昼間から外で、しかも第三者のいる前で性的奉仕を男にさせるなんて非常識だ。

　けれど、凜音と同じようなことを男たちにさせている女を、三島と島をまわりつつ何人も見た。外で誰かに見られるような状況であっても、誰も気にしない。この島ではそれが常識だということがよくわかる光景だった。子供の頃からあんな教育を受けていたのでは、当然のことなのかもしれない。

「では、豊穣祭第二の儀式をはじめる」

涼しげな顔で、杯を手に持った凜音が立ちあがった。村人たちもつづいて立つ。咲たちも、みんなに従った。

杯を手にした凜音の顔は本当に涼しげだ。昼間悟たちの前で痴態をさらしたようにはとても見えない。ただ、それは凜音だけではない。集まっている村人たちも同様だ。

それに咲自身だって……。

「乾杯」

凜音が杯を掲げる。咲も杯を掲げ、酒を口にした。

(ん……これは……)

味が昨日と少し違う気がする。

(これ……昨日のものと比べると、なんだか少し味が濃い気がしますね)

昔から咲は貧乏舌であり、あまり舌に自信があるほうではない。毎日同じもの――しかも安いファストフードなどでもまったく構わない――を食べても満足できるような人間だ。だから、味の些細《ささい》な違いを見抜けるようなスキルは持っていない。ただ、そんな咲でもはっきりとわかるくらいに、酒の味は昨日とは変わっていた。匂いなどは同じように感じるのだが、たぶん別物だと思う。

（嫌いな味ではないですね。むしろ、昨日のより好みかも）

一杯だけでは物足りない気分にさえなってしまう。

すると、給仕役の男が「おかわりはいかがですか？」と尋ねてきた。お願いしますとすぐに頷きたくなる。だが「大丈夫です」と断った。この酒について少し確かめたいことがあるからだ。

なので、アルコールはこれ以上取れない。代わりに食事に集中することにする。メニューは昨日とまったく同じだ。その点、少し寂しさはあるけれど、咲は三食同じでも満足できる人間である。気にせず、米や魚を口に運んだ。

そうして食事をしつつ、壇上から会食会場を見まわす。昨日と同じく、村人たちはひと言も発することなく食事をしている。黙っているのはやはり儀式だからだろう。

事実、昼間三島と昼食を取るために立ちよった村内の定食屋にいた人々は、食事中も構うことなく会話をしていた。

そんなことを考えながら食事をつづけていると、唐突に犬の鳴き声が聞こえてきた。

なんとなく、視線をそちらへと向ける。すると、犬を引き連れた男が会場へとやってくるのが見えた。

(犬?)

食事会場に犬とは妙だなと考える。

(……まさか)

そこで、昼間三島とした話を思い出した。

儀式によって捧げられる生贄は四体――それは日ごとに変わる。

(つまり、今日は……)

マジマジと犬を見る。

すると、凜音が昨晩と同じように立ちあがった。新たな酒が注がれた杯を掲げる。そして「捧げる」と、やはり昨日と同じ言葉を口にした。それに合わせて犬を囲むように立った男たちが、手に持った棒を振りあげた。

2

(出されたものは食べる。ましてや特別な儀式で振る舞われたものを断るなんて、礼儀に反します。だから、食べましたが……)

会食のあと、部屋に戻った咲は布団に寝転がりながら、あのあと出された犬の料理を思い出していた。

一部の文化圏では犬食があるというのは知っている。文化というのは場所によって違うものだ。だから、否定するつもりはない。ただ、否定はしないが、それを好むことができるかと言うと、それはそれで違う話だ。

犬と豚――どちらも同じ命であることに変わりはない。けれど、豚は家畜で犬はペットだ。より人に近いもののような気がする。食べる対象には思えない。

とはいえ、気分はあまりよくなかったが、味のほうは悪くはなかった。

(昨日は豚で今日は犬……そこに意味はあるのでしょうか?)

天井を見つめながら、ぼんやりとそんなことを考える。

(まぁ、考えたところで、答えは出せませんね)

悟が凛音から聞いた話が事実ならば、明日は昼間にも儀式が行われるはずだ。それを見れば、もう少し祭りについてわかるかもしれない。だから、今日のところは寝て休もうと考え、目を閉じる。このまま眠ってしまおうと思った。

だが――。

(……これ、またですか)

目を閉じても眠れない。それどころか目が冴える。同時に、昨日と同じように身体が熱く火照りはじめた。一杯しか飲んでいないとは思えない変化だ。

ジンジンと全身が疼く。特に下腹部だ。肉体が男を欲しはじめている。

(思ったとおりと言うべきですかね……)

先ほど一杯しか酒を飲まなかったのは、これを確かめるためだった。

(一日だけならば、体調的にそういうこともあるかもしれない。しかし、二日つづけてとなると、これは異常ですね。酒に媚薬のようなものが含まれていたと考えるべきでしょうね……)

火照りを感じつつも冷静に思考しながら、会食時のことを思い出す。

凜音のひと声で捧げられた犬を食したあと、十数人の女性が男を引き連れて会場から出ていった。頬を上気させ、瞳を潤ませた、ひと目で発情していることがわかる女の顔でだ。間違いなく彼女たちは、あのあと男と身体を重ねたはずである。

(まぁ、この島の人間なら媚薬なしでもしたくなったらするとは思いますが、十人以上がいっせいにというのはさすがに多すぎます)

媚薬で昂っていたからとしか考えられない。

（まぁ、豊穣祭と考えれば、そういうこともありえますか）

農作物が実ることだけではなく、新たな命の誕生まで祈願していると考えれば、媚薬で発情させるということも十分ありうるだろう。

（ただ、それを島外の人間にまで飲ませるのはやめてほしいですね……いや、待ってください……むしろ、島外の人間に媚薬を飲ませるというのは必然？）

昴りを感じつつも思考する。

この島は絶海の孤島と言っても過言ではない。当然、コミュニティは閉鎖的なものになる。血だって濃くなってしまうだろう。つまり、ときには外から血を入れる必要だってあるかもしれない。だから、島外の人間にも媚薬を飲ませた。

（そう考えると、三島さんが昨日、私に見せた態度も納得できます）

ピルを飲んでいると答えたとき、三島はなにかを考えるようなそぶりを見せた。子作りをするという思惑がはずれてしまったが、どうするべきか——と思考していたのかもしれない。

ただ、その場合ゴムを着けようとしたことをどう考えるべきか？

（……最初だけゴムを着けて、二回目以降ははずすつもりだったと考えれば説明がつきますね。実際、三島さんとのセックスは一回だけじゃ終わりませんでしたし）

明け方まで何度もした。

ゴムがひとつしかないからと言われれば、間違いなく、ピルを飲んでいなくても咲は「仕方ないですね。特別にナマでも構いませんよ」と答えていたことだろう。それだけ、肉体は尋常でないほどに昂っていた。

（しかし、そう考えると、ちょっと妙な点がありますね）

悟や洋介のことだ。

彼らだってあの酒を飲んでいる。咲と同じように発情しなかったのだろうか。発情していたとしたら、伽役が部屋に訪れることはなかったのだろうか。

（たぶん……というか、間違いなく、九條くんたちは夜伽をされていない）

悟は童貞だ。それを奪われるようなことがあれば、間違いなく今日、彼の様子はおかしくなっていたことだろう。

（今日の九條くんは私に対して気まずそうではありました。けれどあれは、私が三島さんとしていたのを聞いたからでしかなかった。それくらいはわかります。童貞を失った男の変化ではない）

では、この昂りを悟たちはどうやって鎮めたのか。

（鎮める必要がなかった……つまり、ふたりの酒には媚薬が含まれていなかった？）

飲まされたのは自分だけ――そこに、どんな意味があるのだろうか。

(この島で大事にされているのは女。男に対して女が伽をすることなんて、身分的にはありえない。だから、飲ませなかった?)

グルグルと思考する。そうすることで、身体の昂りをなんとか忘れようとした。けれど――。

(くっ、やっぱりごまかせませんね)

昂りがどんどん大きくなってくる。別なことを考えることで忘れられるようなレベルではない。

疼きもどんどん大きくなっている。まだなにもしていないけれど、間違いなくショーツの中は愛液でグショグショになっているだろう。この疼きをなんとかしたい。頭がおかしくなりそうなくらいにもどかしい。

(三島さんは来ないのですか?)

また夜伽を頼みたいところだ。

(でも、来ない可能性が高い……)

凜音が三島を伽役としてよこした理由が子作りにあるのだとすれば、咲がピルを飲んでいる以上、目的を果たすことはできない。となると、三島をよこす理由だってなくなってしまう。

（しかし、それなら媚薬を飲ませるのはやめてほしいですね。こんなの新手の拷問みたいなものではないですか）

鎮めたい。なんとか、これを……。

オナニーでどうにかなるレベルなのだろうか。

などということを考えつつ、股間へと手を伸ばそうとする。部屋の戸がノックされたのは、ちょうどそんなタイミングのことだった。

「だ、誰？」

「私です」

聞き覚えのある声——三島の声だ。

「三島さんっ！」

慌てて飛び起き、部屋の戸を開ける。がっちりとした男らしい三島の身体が視界に飛びこんだ。

「ん……はぁあああ……」

それだけでさらに身体が熱く火照り、キュンッと下腹が疼いた。熱い吐息を漏らしつつ、ゴクリッと喉を鳴らす。

「今日も、夜伽ですか？」

昨晩のセックスを思い出す。逞しい肉棒を挿入されたときの感覚を想起すると、それだけでより身体の熱が増してくる。

「いえ、それがその……今晩はそういうわけにはいかなくなってしまいました。凛音様から呼び出しがありまして……」

だが、期待は裏切られてしまう。三島はあっさりと首を横に振った。

「そ、それじゃあ、なんで……」

強い失望を感じつつ、なぜここに来たのかと尋ねる。

すると、三島は「これを渡しに来ました」と、棒状のものを差し出した。それを受け取り、マジマジと見る。ただの棒ではない。先端部だけ大きく作られている。その形は明らかに亀頭を模したものだ。

「張形です」

呆然と棒を見つめる咲に、三島は真面目な顔で告げる。

「張形……張形って……どういう……って、まさか、これを使って自分で自分を慰めろってことですか!?」

思わず目を見開く。

「お客様に対して失礼だとは思いますが、今晩はこれでご容赦を」

咲の言葉に三島は、申しわけなさそうな表情を浮かべながら頷くと「では、失礼いたします」と、逃げるようにこの場を立ち去った。

ひとりだけ取り残されてしまう。張形を持ったまま、呆然と立ちつくした。

しばらくして視線を張形へと落とす。大きさ、長さは三島のものによく似ているような気がした。これを挿れれば気持ちよさそうな気がする。だが、セックスとオナニーではだいぶ違う。それに、渡されたもので自慰をするなんて、さすがに情けない。

それになんだか舐められているようで、腹も立つ。

ただ、イライラしたところで身体の昂りを鎮めることはできないし、三島が戻ってくるわけでもない。

(新しいセックスの相手が都合よく現れることだって……)

そこまで考えたところで、脳裏に洋介の顔が浮かんだ。

(菅沼くんとするというのも悪くはありませんね)

思い立ったが吉日——というわけで、洋介の部屋に向かうと、戸をノックしようとした。

「雨宮さん?」

そこで声をかけられた。自室の戸を開けた悟がこちらを見ている。

「……洋介になんか用っすか？」

「えっ……ああ、その……ちょっと話したいことがありまして」

訝しげに尋ねてきた悟に、ごまかし笑いを浮かべてみせる。

すると悟はまっすぐ咲の顔を見つめ、なにかを考えるような表情を浮かべたかと思うと「まさか、洋介とするつもりっすか？」などと、まるでこちらの考えを読んだかのような問いかけをしてきた。

「ど、どうしてそう思ったのですか」

「なんとなくの雰囲気っす。その、前に事務所で飲んだときみたいな感じですし……それにその、き、昨日も、そういうことしてたみたいですし」

言いにくそうな表情を浮かべつつ、昨日のことを話題にした。やはり思ったとおり、昨日の三島との情事は聞こえていたらしい。

（洞察力が事務所に来た頃よりあがってますね。探偵助手らしくなってきたと言うべきでしょうか。ただ……）

こんな場面でそういう洞察力は発揮してほしくはない。

「別にそんなことじゃありませんよ。本当にただ菅沼くんに話があるだけですから」

意図を見破られてしまったとはいえ、素直に認めたりはしない。さらにごまかしつつ「そういうことですから、九條くんは部屋で休んでいてください」と告げる。

そんな咲の態度に、悟は少しだけ泣きそうな表情を浮かべたかと思うと「僕じゃだめなんですか?」と、まっすぐ咲を見つめて尋ねた。

「雨宮さん……したいんですよね。だったら、僕じゃだめですか?」

真剣な表情だ。悟の本気が伝わってくる。少しだけ心が揺れた。しかし、だめだ。

「申しわけないけど、だめです。前にも言ったとおり、私は童貞とはしない主義ですから」

童貞は面倒くさい。事実、悟はすでに少し面倒くさくなっている。関係してしまったら、もっと大変なことにだってなるかもしれない。だから、悟とはできない。

そんな答えに、悟の表情がますます悲しそうになる。少しだけ、申しわけなさを感じた。だが、彼との会話はここまでだ。洋介の部屋をノックしようとする。

「ちょっと、待ってください」

再び止められた。

「まだ、なにか?」

「……その、僕じゃだめだってのはわかりました。でも、洋介もだめですよ」

「だめ……どういう意味ですか」

「洋介も童貞だからです」

「……菅沼くんが童貞……まさか」

洋介には昴という恋人がいる。しかも、彼の昴に対する想いは本当に強い。関係を持っていないとは思えない。

「いえ、事実です。その、今日の昼間……久杉村長に会ったときのことなのですが」

悟はそう前置きすると、昼間、凜音と洋介がしたやり取りを口にした。

「村長は菅沼くんが純潔だと言った……童貞だと？」

性的奉仕をしたという話は聞いていたけれど、純潔云々などというやり取りまでしていたというのは初耳である。

「そうっす」

（……これは九條くんの嘘……いや、しかし……）

嘘にしては少し手のこんだ話だ。もっと簡単に「前にそう洋介から聞いたっす」とだけ言えばいいというのに、わざわざ凜音とのやり取りまで口にした。もしかしたら、嘘に説得力を持たせるためのテクニックかもしれない。

（……ありえませんね）

悟はいい意味でも悪い意味でもまっすぐで不器用な人間だ。嘘をつくにしても単純な話しかできないだろう。つまり、凜音と洋介のやり取りは事実と考えるべきだ。

（しかし、話が本当だとして、なぜ村長はそれを知っていたのでしょうか？）

洋介と凜音が以前からの知り合いだったとは思えない。

（皆月さんに聞いた……ですが、そんな話……普通しますかね？）

恋人とセックスしたか否かを話すなんてこと、ありうるのだろうか。

（いや、この島の人間ならば十分ありえますね）

昼間見た出来事を思い出す。村人たちの性に関する大らかさを考えれば、セックスしたかどうかの話が出てもおかしくはない。

（ただ、そうなると皆月さんのことが少し気になりますね）

今、悟が話してくれたのだが、凜音は洋介に奉仕を命じた際、やり方は昴に聞いて知っているのだろう——的なことを洋介に対して語ったらしい。それを洋介も否定しなかったとのことだ。

そこまでしてセックスしないなんてあるのだろうか。咲だったら絶対に耐えられない。男がしてこなくても、自分のほうが我慢できなくなり、逆に男を押し倒すみたいなことだってしてしまうだろう。

皆月昴という存在が、どうもよくわからなくなってきた。

この島に関しては妙なことが多すぎるような気がする。もう少し島民たちや昴、それに凜音について思考してみても——と、そこまで考えたのだが、そのあたりで集中が途切れた。

理由は単純だ。感じていた身体の疼きや火照りが、さらにふくれてしまったからである。

（これはちょっとマズいですね）

秘部から感じるジンジンとした疼きがふくれあがる。まるで発熱でもしているみたいに身体中がどんどん火照ってきた。秘部から溢れ出す愛液の量もこれまで以上に増えていることは間違いないだろう。したい。誰かと身体を重ねたい——そんな思いがどうしようもないほどに増幅してきた。

自然と口が半開きになり「はぁはぁ」と、吐息も荒いものに変わってきた。

「雨宮さん……どうしたんっすか？」

様子の変化に気づいた洋介が、首を傾げる。

「えっ……あっ、別になんでもありません。その……話はよくわかりました」

慌ててごまかしつつ、洋介の部屋の戸から視線をはずした。たぶん、洋介も童貞というのは事実なのだろう。だとすれば、彼と身体を重ねるわけにもいかない。

「その、菅沼くんと話そうと思ってた内容、忘れてしまいました。なのでその、ちょっと外に出ます。散歩してきますね」

この場にいても悶々《もんもん》とするだけだ。外に出ればもしかしたら島の男と会えるかもしれない。顔を合わせれば、島の男ならばこちらの誘いに乗ってくれるだろう。島民たちがそういう人間だということはもうよく知っている。

そう考え、咲は悟の返事も聞かずに一度部屋に戻ってTシャツに短パンという動きやすい格好に着がえると、外へと飛び出した。


夜の島を歩く。

街灯ひとつ立っていない。だが、思ったよりもずっと周囲は明るかった。その理由は星だ。空を見あげると、東京では絶対に見ることはできないだろう美しい夜空が広がっていた。どこを見ても、星、星、星である。月も本当に美しい。

(こういう島でのんびり暮らすというのも悪くないかもしれませんね)

なんとなく、そんなことを考える。

ただ、感慨に浸っていられる時間は短かった。

熱いのだ。とにかく身体が、あそこが……。

(今は星よりも男ですね)

そんなことを考えながら、自分の手へと視線を落とす。手には三島から渡された張形が握られていた。なんとなく持ってきてしまったのだ。

オナニーでは満足できる気がしない。けれど、男が見つからなかったときはこれを使うしかないだろう。

などと考え、島民がいないかと周囲を見まわしながら、島内を、村の中を進む。けれど、人っ子ひとり見当たらない。なんとなく時計を確認してみる。時間はすでに午前一時をまわっていた。人が出歩くような時間ではない。みんな寝ているか、すでに相手を見つけていろいろ楽しんでいることだろう。

思わず「はぁっ」とため息をつく。部屋に戻っておとなしくこの張形を使って自慰をするしか、この疼きを鎮める術《すべ》はなさそうだ。

もと来た道を戻ろうとする。

「ん……あれは？」

ふと視線を向けた先に、人影が見えた気がした。海辺のほうだ。もしかして、男だろうか。なんとなくそちらへと歩いていく。

近づくにつれて、だんだんと波の音が大きくなってきた。

それとともに――。

「んっ……あっ、はぁああ……いい！　いいわ……おまえの愛撫、じつに気持ちがいいわ。そうよ。その調子でもっと……んっんっ……もっと舐めて。もっと私に快感を刻みこむのよ」

艶を帯びた女の嬌声が聞こえてきた。

（なんだ……もう相手がいるのですか）

そのことに少しガッカリしてしまう。

けれど、足を止めたりはしない。どうせだから、見てやろうと思った。

辿り着いた浜辺には、直径五メートルほどはありそうな岩が、半分ほど埋まっていた。そんな巨大な岩に裸の女が背中を預けている。女の股間部には、うしろ姿を見るだけでもわかるほどがっちりとした体格のいい、やはり全裸の男が顔を埋めていた。

明かりは月と星だけ。しかし、それだけでも十分だ。

（三島さん……それに……久杉村長……）

喘いでいるのは凜音であり、愛撫をしているのは三島だった。

「陰核よ。もっと陰核を中心に刺激を加えて」

ヒクッヒクッと身体を震わせながら、凛音は三島に愛撫方法を指示する。三島はそれに素直に従い、伸ばした舌で転がすようにクリトリスを刺激した。

「うっく……そうよ。それ……ああ、いいわ。最高だわ。これは……イクっ！　もう……んっふ、あふうう！　イクわ……三島……イクわっ」

よほど心地よかったのか、凛音はすぐに絶頂を訴えた。

(実際、三島さんの愛撫はうまかったですからね)

これまでたくさんの男たちと関係を持ってきたけれど、その中でもトップクラスだったと思う。子供の頃から女に奉仕することを教えられてきたのだと考えると、当然と言えば当然のことかもしれない。

三島はさらに舌を激しくくねらせる。同時に口唇を陰核に強く押しつけ、吸った。ジュズルルッと下品な音色が響く。離れている咲にもはっきりと聞こえるほどの音だ。

「はっく……うっあ！　あっあっあっ……はぁあああ」

そんな激しい愛撫にあと押しされるように、凛音は達する。背すじを反らし、空を見あげ、首すじを剝き出しにした状態で、歓喜の声を響かせた。

「あっは……はぁあ……はぁはぁはぁ……」

全身から力を抜く。背中を岩に預けた状態で、何度も肩で息をした。

「いかがでしたか？」

三島が上目遣いで凜音を見る。

「最高だったわ。やはり、おまえはいい使用人ね」

目を細めて微笑みつつ、やさしく三島の頭を撫でる。

「いい仕事をしたおまえに褒美をやろう」

「はい」

褒美——その言葉に頷くと、三島は凜音の前に座りこんだ状態のまま、口を大きく開けた。

（なにをするつもりでしょう？）

ふたりのやり取りにより、身体が熱くなるのを感じながら、ジッと見つめる。

「んっふ……はっ……あっあっ……あふぅうう」

そんな咲の視線には気づくことなく、凜音は一度身体をブルッと震わせたかと思うと、開きっぱなしになっている三島の口に向かって排尿をはじめた。凜音の尿道口からジョボロロロッと黄金水が撃ち放たれる。三島はいやがるそぶりをまるで見せずにそれを口で受け止めたかと思うと、喉を上下させてゴクゴクと躊躇うことなく嚥下した。

あまりに不潔で変態的な行為だ。

だが、目が離せない。興奮がどんどん大きくなってくる。三島に対して、あんなことができる凜音を羨ましいとさえ思ってしまう。

「ふふ、相変わらず変態だね。小便を飲んで、ち×ぽをさらに硬くするのね」

自分の尿を飲んだ使用人の股間部に、凜音は足を伸ばしたかと思うと、ガチガチに勃起した剝き出しの肉棒を容赦なく踏みつけた。

「あっ！　くうう！」

ビクッビクッと、三島は全身を震わせる。

「こうかしら……これがいいのかしら」

使用人の反応に女主人は満足そうな表情を浮かべつつ、足を動かした。足裏で肉棒を淫靡に扱く。すでに肉先からは先走り汁が溢れていたらしく、足の動きに合わせてグッチョグッチョという湿り気を帯びた音色が響きわたった。さらに、足の親指と人さし指を広げて肉茎を挟みこんだりもする。

「いい……いいです！　凜音様……いいです。気持ちがいいです、凜音様」

三島は隠すことなく快感に喘いだ。

亀頭がふくれあがる。肉棒がビクビク激しく震える。

「足で少し擦っただけなのに、もう達しそうなの？」

「はいっ！　はいっ」

何度も三島は頷く。

「いいわ、このまま射精しても。私の足におまえの子種をぶっかけなさい」

三島の性感を促すように、足の動きが激しさを増した。

「あっあっ！　で、出ますっ‼」

激しい愛撫に、三島は情けない声をあげて喘ぐ。同時に射精がはじまった。凜音の足に向かってドクドクと多量の愛液を撃ち放つ。遠く離れた場所で見ていてもわかるほどに、勢いよく白濁液が飛び散った。

（凄い量、射精していそうですね）

思わず生唾を飲みこむ。

自分も味わいたい。あの熱気を感じたい——そんな思いがふくれあがった。モジモジと太股と太股を擦り合わせる。腰を左右に振ったりもした。

「さぁ、今度は中に射精してもらうわ」

当然、咲の存在には気づくことなく、凜音は笑うと、自分の前に座りこんでいる三島の身体をその場に押し倒した。倒れた彼の股間部は、射精直後とは思えないほどに、いまだに硬く、熱く屹立している。

肉棒のそうした有様をうれしそうに見つめつつ、凜音は押し倒した三島の上に跨《また》がった。手を伸ばし、肉棒を握る。そのうえで先端の位置を調整すると、肉先に自身の花弁をグチュッと押しつけた。

（挿れる。これからあれを……）

昨晩、刻まれた三島のペニスの感触を咲は思い出す。自分もあれを挿れてほしいと思ってしまう。だが今、三島が相手をしているのは凜音だ。彼は咲が見ていることにさえ気づいていない。その状況になんだか悔しさのようなものを感じつつ、手にと持っている張形へと一度視線を向けた。

三島のペニスとほぼ同じ大きさをしている。

（人のセックスを見ながら、自慰なんて……）

あまりに情けない気がする。

だが、それでもう、我慢なんかできない。

再び三島や凜音へと視線を向けつつ、張形のふくれあがった先端部を自分の秘部に押し当てた。

そんな咲の前で、凜音が腰を落としていく。

「あっあっ！　ふくうう！　入ってくる。おまえのち×ぽが、私のま×こに……んんん！　はふううう……入って、く……くるわ」

逞しい三島のペニスが、凜音の肉壺に呑みこまれた。

それにシンクロするように、咲も肉壺で張形を咥えこむ。

「んんん！　あっあっ……くふぅうう……」

膣口が押し開かれる。蜜壺が張形の形に変えられた。

（これ……思ったより、き、気持ちいい……ですね……）

実際のセックスと比べると満足度は低い。しかし、刻まれる快感は十分なものだった。身体の中にぽっかりと空いた穴が塞がれていくような感覚とでも言うべきだろうか。たまらなく心地いい。

「はぁああ……いいっ」

我慢できず、熱い吐息を漏らした。

「あああ、感じる……気持ちいいわ……あっふ、んふぅうう」

咲と同じように、凜音も本当に気持ちよさそうな嬌声を漏らすと、もっとペニスの感覚を味わいたいとでも言うように、躊躇うことなく腰まで振りはじめた。

最初から加減などいっさいない。まるで女を犯す男のような勢いで、三島の腰に自身の腰を打ちつけた。動きに合わせて、腰と腰がぶつかり合うパンパンパンッという音色が響きわたる。

「どう。気持ちいいかしら……三島、私のま×こは気持ちいいかしら」

「いい！　いいです！　からみついてくる感覚が最高に気持ちいいです！　凛音様！　凛音様はいかがですか。私のち×ぽで感じていますか？」

「んんん！　あっは、はふんん！　も、もちろんよ。最高の快感だわ。少し腰を振っただけで、また……あああ……またすぐにイッてしまいそうなほどよ」

喘ぎながら首を何度も縦に振り、三島との行為で感じていると凛音は訴えた。

（私も……あああ、私も気持ちがいい……です）

そんな凛音の動きに合わせるように、張形を抽挿させる。ジュボジュボと抜き挿しするたびに、思考が蕩けそうなレベルの性感が全身を駆け抜けていった。

「私もです。凛音様、私も簡単にイッてしまいそうです」

「わかるわ。おまえのち×ぽ……私の中で大きく、熱くなっている。それにビクビクと震えているわ。早く……あっあっ……早く射精したいと、ち×ぽそのものがわた……んふうう……私に訴えているようだわ」

凛音がうっとりと微笑んだ。

（大きく……熱くなってる……）

張形ではその感覚を得ることはできない。そのことになんだか羨ましささえ感じつつ、その物足りなさをぶつけるように、抽挿速度をさらにあげ、子宮口に当たるほど奥にまで異物を突き挿れた。

（もっと、もっと強く、もっと激しく……もっと気持ちよく……）

ジュッポジュッポという音色が響きそうなほどの勢いで、肉壺をかき混ぜた。

そうした咲の動きに、まるでシンクロするみたいに、凜音のグラインド速度があがっていく。いや、腰を振るのは凜音だけではない。

「凜音様！　凜音様ぁあ！」

主人の動きに合わせ、三島も腰を振りはじめる。凜音の白くて細い肢体を突きあげるように、ドジュッドジュッと膣奥をたたいた。

凜音の小柄な身体が突きこみに合わせて上下に揺さぶられる。ちょうど手のひらに収まるくらいのツンと上向いた乳房も激しく揺れ動いた。溢れ出した汗が、周囲に飛び散る。近づけば間違いなく濃厚な女の発情香を嗅ぐことだってできるだろう。

「いいわ！　届いているわ。私の子宮におまえのち×ぽが当たっているの！　角度も深さも最高よ。これは……ふうう……ふうっふうっふうっ……我慢できそうにないわ。

簡単にイッてしまいそうよ。おまえは……おまえはどうかしら。おまえはイキそうなのかしら。また、射精しそうになっているのかしら」

「あああ、締めつけが……す、凄い！　凄いです！　出ます！　こんなの……私も我慢なんか……できません」

問いかけつつ蜜壺を収縮させて、ギュッとペニスを締めつけたらしい。三島が激しく身悶《みもだ》える。たぶん、膣中のペニスもビクンビクンと震えていることだろう。

（ああ、羨ましい……）

凜音に対する嫉妬心さえ覚えながら、張形の先端で抉《えぐ》るように子宮口を刺激した。

（こんな、私だけオナニーなんて情けなさすぎます。ですが、ですが……これ、気持ちいい。情けないのに、気持ちよくて……私……わた、しもぉお……）

絶頂を訴えるふたりに引きずられるかのように、身体が限界に昇りつめていく。

「いいわ。出して！　射精して！　おまえの熱いものを感じさせて。さぁ、ほら！　あっあっあっあっあっ！」

射精を促すように、ストロークを大きくし、グラインド速度をあげていく。たぶん一回腰を動かすたびに、ギュッギュッとペニスを締めつけたりもしているのだろう。

「出ます！　出ます！　凜音様！」

そんな動きに身悶えしながら、何度も何度も三島も凜音を突きあげた。

（イク……私も……もうっ！）

まるで自分自身が突かれているかのような感覚に、咲も喘ぐ。

そして――。

「あああ、来た。出ている！　あっあっあっ……イク！　これは……イクっ！　熱いザーメンで……イク！　はぁああ……イクぅうっ！」

射精がはじまった。

三島に跨った凜音が、背すじを反らして快感に身悶える。これまで以上の愉悦に、蕩けた声を響かせた。

（わた……しも……）

「あっあっあっ……あはぁあああああ」

ふたりにあと押しされるように、咲も達する。

張形を蜜壺全体でぎゅううっと強く締めつけながら、身体中を包みこむような性感に身を震わせた。

「ふうう……最高だったわ」

やがて凜音が全身から力を抜いて、やさしい手つきで三島の頬を撫でた。

（あぁ……気持ちよかった……）

そうした光景を見つめつつ、咲も全身から力を抜く。

想像していた以上に、張形による自慰は心地いいものだった。満足感に全身が包みこまれている。

けれど、物足りなさはある。

やはり、射精がなければ……。

心地よい脱力感を覚えつつも、なんだか虚しさを覚えてしまう咲なのだった。

第四章　肉の宴

1

（はぁ、けっこうつらいですね）

照りつける夏の陽射を浴びながら、咲は思わずため息をつく。昨晩外でのぞき、オナニーなどをしてしまったせいか、あまりいい気分ではない。正直、もう少し部屋で寝ていたかった。

だが、そういうわけにはいかなかった。

今日は昼間も儀式がある。この島や祭りについてはいろいろ気になる点もあるので、参加しないわけにはいかない。そんなこともあり、咲は悟や洋介とともに、毎晩会食が行われている村の中央広場に集まっていた。

この場には、村人たちも大勢やってきている。特に正装をしているというわけでもない。みんなラフな格好だ。定期会合のために公民館に集まった近所の人という感じである。

儀式前だというのに厳かな感じは全然ない。みんな、思い思いに世間話をしている。なにか情報を得られないかとそれらの話に耳を傾けてみたが「久しぶりに但馬《たじま》とやってみたけど、前よりうまくなってて驚いたわ」「私は小谷《こたに》とした。でも、愛撫はうまいんだけど、どうしてもサイズがねぇ」「あたしは田中《たなか》。やっぱりあいつとするのは最高。本当うまいから」「それは同意。いいなぁ」などという話ばかりである。

男たちも同様だ。

誰それの膣は締まりがいいとか、ねっとりからみついてくるだとか、すぐに射精させられただとか、そういうことばかり話題になっている。

(まぁ、幼い頃からあんな教育ばかり受けているうえ、テレビもネットもなにもない、こんな島ですからね)

海で泳ぐか、セックスくらいしかすることがないのだろう。

(でも、それも案外悪くないかもしれませんね)

青い空に青い海がどこまでも広がる美しい南の島で、セックスばかりの退廃的な生活を送る——人としてこれほど幸せなことはないかもしれない。

などということを考えながら、ボーッと空を見ていると、いつもと同じ着物姿の凜音が壇上にあがった。そのうしろには、三島を含めた五人ほどの男たちがつづく。男たちは法被《はっぴ》のようなものを身に着けており、神輿《みこし》を抱えていた。それほど大きくない神輿だ。ただ、ふだん咲たちが見慣れている神殿を象《かたど》った形状ではない。組まれた担ぎ棒の上に置かれているのは、小さな檻《おり》だった。その檻の中には——。

(猿……ですか)

キーキーと檻の中で鳴いている。

「……儀式をはじめる」

そんな猿のことなどまるで気にするそぶりも見せず、凜音はいつものように厳かに村人たちに告げた。

そうしてはじまったのは——行進である。

凜音を先頭にして、次は猿神輿を担いだ男たち、そのあとに村の女たち、そして男たちがつづいた。ちなみに咲たちは、神輿と女たちの間を歩くこととなった。ここが客の立ち位置だということなのだろう。

一行はゆっくりと島の中央にある山へと向かっていく。山を登りはじめると、最後尾の男たちが笛やら太鼓やらを取り出し、演奏をはじめた。ただ、演奏とは言っても規則性があるわけではない。奏でたい音をそれぞれが勝手に奏でているという感じだ。

不協和音と言ってもいいかもしれない。聞いていて、あまり心地がいいものではなかった。そんな音色を耳にしながら、しばらく山を登る。標高は二二三メートル、高い山ではない。それほど時間がかかることもなく、一行は頂上へと到達した。

「やっと、着いた……はぁあああ……」

頂上に辿り着くなり、悟が大きく息を吐く。少し山登りをしただけだというのに、かなり疲れているらしい。

「運動不足ですね」

ボソッと耳もとで呟くと「返す言葉もないっす」と、悟は項垂《うなだ》れた。そんな助手の姿にクスリッと思わず笑いつつ、周囲を見まわす。

開けた頂上だ。木などはない。森林限界と言うには標高が低すぎるので、島民たちが整理しているのだろう。

木々の代わりに頂上にあるのは、一件の建物だった。形は神殿ふうに見える。鳥居などはないが、建物の外観は神社の本殿にしか見えなかった。ただ、普通の神社ではない。建物の入口と思われる場所には、島民たちの家の前に立っていたのと同じ十字架が置かれていた。

　十字架の正面に男たちが運んできた猿神輿が置かれる。神輿の前に凜音が立った。彼女の手には神主などが持っている御幣《ごへい》にも似た祭具が握られている。それを神輿に向かって振りはじめる。

「神よ、我らが御柱よ。あなたのおかげで我らはこの二十年、平和に暮らすことができました。その札を、そして今後二十年の発展を……」

　バサッバサッと御幣を振りながら、凜音が言葉を紡ぐ。あれが御柱に捧げる祝詞《のりと》なのだろうか——などと思考しつつ、神殿をよく観察する。

（……札ですか）

　神殿の外壁にはびっしりと何枚もの札が貼られていた。札には名前が書かれている。昔の字なのでかなり読みづらい。だが、なんとなく雰囲気でわかる。たぶん、書かれているのは名前だろう。

　いったい誰の名前なのかと考えながら、視線を神殿の周囲にも向けてみる。すると、本殿の脇には看板のようなものが立っていた。そこには大きな絵が飾られている。いつ書かれたものなのかはわからないが、痛み具合から考えるに、そうとう昔のものであることは間違いないだろう。ただ、痛んではいるものの、内容がわからないということはない。

（この豊穣祭を描いた絵のようですね）

横長の絵だ。いちばん右には豚の絵が描かれていた。

以前、興味があって調べたことがあるのだが、豚が日本に最初に入ってきたのは、西暦二〇〇年代頃から六〇〇年代の間くらいらしい。そのあと、仏教が入ってきたことによって殺生が忌諱《きき》されることになり、養豚技術はなくなったらしいが、この島では残っていたのかもしれない。

そんな豚の隣には犬の絵だ。豚に犬――儀式をそのまま絵にしているもののようだ。豊穣祭を後進に伝えるための絵なのかもしれない。

（となると、犬の次は……）

今日の生贄がわかるはずだ。

描かれていた絵は――猿だった。

（……あの神輿の猿が捧げものということですか）

一度、檻をチラッと見る。ただ、あまり気分のいいものではないので、すぐに視線をはずして、改めて絵を見た。儀式は四日間、つまり最終日にもなにかがあるはずだ。

最終日はなにがあるのか。

絵を見ると、そこに描かれていたのは女だった。

巫女装束の女がひとりで立っている。ただ、豚、犬、猿の絵とは多少違う。

これまでの獣の絵は、本当にただ獣が描かれているだけだった。脚色などいっさいない。けれど、巫女の絵は違う。巫女の絵には光のようなものも描かれていた。巫女が両手で光を持っている絵だ。

(いったいどういう意味なのでしょうか。三匹の獣を捧げた礼を神――御柱から受け取っているということを表しているのでしょうか。それとも、ほかに意味が?)

思考しつつ、改めて祝詞を口にする凜音へと視線を向ける。ちょうどそのタイミングで、彼女は「捧げる」と口にした。すると、それに従うように男たちが棒を手に取る。棒の先端部にはナイフのようなものがくくりつけられていた。棒というより簡易の槍だ。その先端を猿へと向ける。彼らがなにをするつもりなのか容易に想像がついたので、視線を猿からはずした。同時に「ギイイイイイ」と苦しそうな悲鳴が響きわたった。

改めて視線を戻すと、猿はすでに檻の中で倒れていた。血だまりが広がっている。

そんな有様を凜音は見つめつつ、懐からなにも描かれていない札と、筆を取り出した。広がる血に筆を伸ばす。筆先にゆっくりと血をなじませた。そのうえで、札に血で文字を書く。さらさらと凜音が書いたのは「皆月昴」という名前だった。

昴の名を記した札を、脇に控えていた三島へと渡す。三島はそれを恭しく受け取ると、神殿の壁に貼りつけた。

「お捧げいたしました」

静かに凜音が告げる。

すると、まるで返事でもするかのように、チリンッという鈴の音が神殿内から聞こえた。中に誰かいるらしい。

(……そうか)

そこで気づく。

なんとなく視線を洋介へと向けると、彼も中に誰がいるのか気づいた表情を浮かべていた。真剣な目で神殿を見つめている。ちなみに悟はどこか退屈そうだ。なにも考えていなさそうである。

(中にいるのは皆月さんですか……なるほど)

昨日、凜音が悟たちに伝えた、巫女が祈禱している社というのがこの神殿のことなのだろう。

これで昴の居場所も判明した。あとは明日になれば会うことができるだろう。もうこの島でするような仕事はないだろう——そんなことを考える。

しかし、なぜか胸がざわついた。いやな予感がする。

（儀式は四日——そして生贄は四種。では、最終日にはなにを捧げる？）

改めて絵を見る。

これまで捧げられてきた三種の生贄と、光を持った巫女の絵を……。

（まさか、最終日の生贄は……）

調べてみたほうがいいかもしれない。

2

あのあと、島民たちはみなで山を下り、一度解散になった。そのあと、咲は村人たちに四日目の生贄について尋ねてみたのだが、誰も明確な答えを返してはくれなかった。みんな、明日になればわかるというばかりである。

そんなわけで、まともな情報も得られないまま、気がつけば夜になっていた。

また、会食の時間がやってくる。

いつものように席に座る。これまでと変わらないメニューがテーブルに並べられていた。いや、一点違うものがある。これまではなかった肉料理が置かれていた。たぶん、これは神殿にて捧げられた猿の肉なのだろう。

「では……」

凜音がこれまで同様、杯を手に取り、立ちあがる。村人たちもそれに従った。もちろん、咲たちもつづく。

「豊穣祭三日目の儀式をはじめる。乾杯」

杯を掲げ、凜音はそれを飲みほした。

村人たちもつづいて杯をあおる。悟や洋介もだ。

だが、咲だけは違った。

いちおう口には含む。しかし、飲みほさない。口の中に酒をキープする。

(これ、昨日よりもさらに濃くなってますね)

舌先に伝わってくる味や、匂いだけでもそれが理解できる。これを飲めば、たぶん昨日よりもさらに身体は昂ってしまうだろう。席に座ると同時に、誰にも見られないように吐き出した。

(多少もったいなくは感じますがね)

この島の酒はうまい。正直、飲みたい。だが、昨日みたいな目に遭うのは勘弁だ。セックスは好きだが、無理やり発情させられるというのが気に入らない。それに、発情させるだけさせて、昨晩のように放置されたらたまらない。

（これで問題ないでしょう）

少しホッとしつつ、並べられた料理を口にした。

ちなみに猿は、マズくはなかったけれど、また食べたいかと言われれば「ノー」と言いたくなるようなものだった。なんだか小骨が多く、食べにくい。それに少し臭《にお》いもあった。たぶん、もう二度と食べることはないと思う。

などということを考えながら食事をつづけて、どれだけの時間が経っただろうか。

唐突に変化が起きた。

食事をしていた村人たちがいきなり立ちあがる。そして思い思いの男女とペアになったかと思うと、いきなりキスをしはじめた。

（な、なんですか、いきなり!?）

唐突な状況変化に、壇上からその光景を見つめながら目を見開いた。

次々と、村人たちがキスをはじめる。ひと組やふた組どころではない。この場に集《か》まっているほぼ全員が、身体を密着させていた。大人も、子供も、老人も、誰も彼もがキスをしている。しかも、ただ唇を重ねるだけの口づけではない。互いの口腔に舌を挿しこむという深いキスだ。

(酒の媚薬のせいですか!?)

驚きながら思考する咲の目の前で、村人たちは口づけをつづけつつ、女のほうが男たちをその場に押し倒していった。そのうえで男たちのズボンに手をかけたかと思うと、容赦なくそれを脱がせる。とたんにビョンッと跳ねあがるような勢いで、男たちのペニスが剝き出しになった。

それを見て、女たちが本当に幸せそうな笑みを浮かべたかと思うと、躊躇なく肉棒にも口づけをはじめる。愛おしそうに、チュッチュッチュッと肉先に口づけをくり返し、やがてそれを咥えこんだ。

大勢の人々がいっせいにする性行為——あまりに異常だ。これまでもおかしな光景を見てきたけれど、今晩は群を抜いていると言っていいだろう。

ふと、空になった杯へと視線を向ける。

(媚薬の濃度があがっていると考えるべきですね、これは)

これも儀式の一環と考えるべきなのだろう。

そう考えながら、いったい彼女はこの状況をどう見ているのだろうと思い、視線を凛音へと向ける。すると、凛音もキスをしていた。

「ふっちゅ……んちゅっ……ちゅっちゅっ、むちゅう」

相手は三島だ。

三島の口腔に舌を挿しこみ、グチュグチュと淫靡な音色を奏でている。濃厚な口づけだ。重なり合った唇と唇の間から唾液が溢れ出し、顎を伝って流れ落ちる様がじつに淫靡だ。思わず、生唾を飲みこんでしまうような光景である。

そんな咲の視線になどまるで気づいていない様子で、凛音は三島の服を脱がせた。この場に集まっているほかの男たち同様、剝き出しになった三島の肉棒もやはり勃起している。席に座ったままの凛音の眼前にちょうど肉先が来るようなかたちだ。ヒクッヒクッと呼吸するように亀頭が震えているのがわかる。

凛音はそれをうれしそうに見つめつつ「んっちゅ」と、ほかの女たちが男にそうしているように、肉先に口づけをした。舌を伸ばし、亀頭をペロペロと舐めはじめる。凛音が数度、肉先の秘裂を舌先で刺激すると、すぐに尿道口からは先走り汁が溢れ出した。

凛音はそれを躊躇なく舌で搦め捕ると、喉を上下させてゴクゴクと嚥下した。

先日三島にフェラチオをしたとき、口内に広がった噎せ返りそうなほどの牡の匂いと、生々しい先走り汁の味を思い出す。凜音は今、あれを味わっている。そう考えると、羨ましささえ感じた。

凜音の奉仕から目を離すことができない。

すると、彼女は一瞬だけチラッとこちらを見た。そのうえで、まるで見せつけるように、口唇を窄めて、きつく肉茎を締めつける。そのまま「んじゅっぽ……じゅぽっ……じゅっぽじゅっぽじゅっぽ」と、頭を前後に振りはじめた。口腔全体を使ってペニスを扱きあげる。

それは凜音だけではない。この場に集まっている女たちも同じだった。会場のそこかしこでペニスを咥え、舐めしゃぶっている。ジュズルルッという下品な吸引音が、いくつも重なり、咲の耳に届いた。

なんだか喉が渇いてくる。自分もペニスを咥えたい──そんな思いがどうしようもないほどにふくれあがった。

なんとなく、視線を悟たちへと向ける。だが──。

(これは……)

悟と洋介は、テーブルに突っ伏した状態で眠っていた。

(まさか……睡眠薬ですか?)

こんな状況で眠るなんて普通ではない。薬を混入されたとしか思えない。

しかし、ふたりを眠らせる理由がよくわからなかった。

(これまでもふたりには媚薬を飲ませていなかった。つまり、ふたりにはセックスをさせたくないということでしょうか？)

この状況で起きていれば、媚薬など飲ませるまでもなく、悟たちは発情状態になっていただろう。それほど会場の状況は煽情的だ。だから眠らせたと考えるべきか。だが、その理由がよくわからない。島民たちにとって、セックスはタブーではないはずだ。むしろ、することが推奨されている。なのになぜふたりにはさせないのか。

(というか、それをするなら、私も眠らせてほしかったですね)

この状況だ。媚薬なんか飲まずとも興奮してしまう。自分だってしたい――どうしても、そんなことを考えてしまう。

「お客様……」

すると、そんな心を読んだかのように、ふたりの男が壇上にあがってきた。どちらも咲と同年代くらいの男だ。彼らはすでに全裸になっている。咲好みのがっちりとした筋肉質の逞しい身体つきをしている。露になった肉棒は、痛々しさを感じさせるほどガチガチに勃起していた。ふくれあがった赤黒い先端部を男たちは咲へと向ける。

呼吸するようにヒクッヒクッと震えている。じつに逞しく、男らしい。これを舐めたい。奉仕したい――そうした思いがどうしようもないくらいにふくれあがる。

（しても、問題ないですよね……というか、しないほうが、逆におかしい）

酒を飲まなかったことを悟らせるわけにはいかない。だから、ここは舐めるべきなのだ――そう自分に言いわけしつつ、自身を挟みこむように左右に立った男たちのペニスに唇を近づけると「ふっちゅ」とキスをした。

二本のペニスに、交互に口づけする。亀頭を味わうように、くり返し唇を強く押しつけた。そのうえで、舌を伸ばして肉先を舐《ねぶ》る。カリ首をなぞりつつ、裏スジを舐めあげたり、尿道口を舌先でグリグリと抉るように刺激を加えた。

もちろん、舐めるだけでは終わらない。凜音たちもそうしているように、肉棒を咥えこむと、頬を窄め「じゅぼっじゅぼっ」と扱きはじめた。口唇で肉茎を擦り、亀頭部を激しく吸いつつ、もう一本の肉棒は手で扱く。溢れ出した先走り汁で手のひらがグチョグチョになってしまうことも厭わない。粘液で濡れた手と、ペニスが擦れ合う淫猥な音色が響いてしまうことも気にすることなく、何度も何度も肉棒に刺激を加えつづけた。

そんな奉仕に、男たちはあっさりと限界に至る。男たちは「あああ……これ、出ます」と、情けない声をあげたかと思うと、ふたり同時に白濁液を撃ち放った。

口内に精液が広がる。顔に白濁液がぶっかけられる。まるで生ぐさい汁の海に自分が沈められていくような感覚だ。だが、不快感はない。むしろ、この感覚は好きだ。

「んっぎゅ……ごきゅっ……ごきゅっごきゅっ……んげっほ、げほっげほっ……んんっ！　はふんんっ」

喉を上下させて、口内にたまった白濁液を嚥下する。汁というよりも、ゼリーと言ったほうが正しいのかもしれないとさえ思えるほどに、精液は濃厚だった。結果、喉に引っかかり、思わず噎せることとなってしまう。それでも精液を吐き出したりはしない。最後の一滴まで飲みほした。

そのうえで、顔にこびりついた精液を指で拭い取ると、それを咥えて「んっちゅうう」と啜りあげる。

「お、お客様……」

そうした姿に男たちはさらに鼻息を荒くすると、射精直後とは思えないほどに肉棒をより硬く勃起させた。ペニスをヒクッヒクッと震わせる。挿れたい。肉壺を犯したいと、肉棒そのものが訴えているようだ。

見ているだけで、咲の昂りもふくれあがる。

（口に含んだのがマズかったですね）

飲んではいない。だが、完全ではないだろうけれど、肉体は間違いなく媚薬の影響を受けてしまった様子だ。

「いいですよ。私も欲しいですから……」

そう言うと、ひとりの男を自分から押し倒した。そのうえで、ショートパンツを下着ごと脱ぎ捨て、すでに愛液に塗れ、クパアッと開いている肉花弁を露にすると、自分から腰を下ろして、男のペニスを蜜壺で咥えていった。

「ふくっ……んふうう……あっあっ……これ、大きい。奥まで……届く」

幼い頃からセックス教育を受けているためだろうか。この男のペニスも三島のものに負けず劣らず逞しかった。いちばん奥まで届く。子宮口に亀頭が当たっているのがわかる。ペニスの形に蜜壺が変えられていくような感覚が、最高に気持ちいい。自然と目を細め、半開きにした口から「はぁあああ」と熱い吐息を漏らした。挿入しただけだというのに、軽くだけれど達してしまう。だが、それだけでは満足できない。もっと強い快感が欲しいという思いがどうしようもないほどにふくれあがる。

「感じさせてください……このち×ぽ……もっと、もっと」

その思いを言葉だけではなく行動でも訴えるように、咲は自分から腰を振りはじめた。加減などしない。最初から思いっきり大きく腰を打ちつける。肉壺を収縮させて、ペニスをきつく締めつけながら、パンパンパンッという音色を響かせた。

「あっあっ……これ、んんん！　これっ！　いいっ！　感じる。んはぁああ……私、凄く……感じてしまいます！　あああ、いいっ！　このち×ぽ……気持ちいい」

躊躇うことなく快感を訴えながら、襞の一枚一枚で、ギュウッと搾るように肉槍を刺激したりした。

「最高です！」

よほど心地よかったのか、男は膣中の肉棒を激しくビクつかせると同時に、自分からも突きあげるように腰を振りはじめた。

「あっ！　くひっ！　それ、お、奥っ！　もっと……奥まで来るっ！」

とたんに、さらに奥まで肉槍が届く。身体が激しく上下に揺さぶられるほどの勢いだ。身体が刺し貫かれてしまうのではないかとさえ思えるほどだ。その勢いに比例するように性感もふくれあがる。全身が蕩けてしまいそうなほどの快感に「いいっ！　あっ！　いい！　気持ち……いい！　あっあっあっ……あぁあああ」と、周囲に響きわたるほど大きな声を漏らしてしまった。

するとそんな声にシンクロするかのように、会場のあちこちでも「あっは！　んぁああ！」「あああ、それ、それよ！　それぇ！」「もっと、もっと奥まで……もっとぉおお」という、女たちの声があがりはじめた。

奉仕の時間は終わったらしい。彼女たちもセックスをはじめている。それは凛音も同様だった。

「さぁ、挿れなさい……三島」

テーブルに手を突き、腰を突き出した状態で尻を振りながら三島を誘う。三島はそれに逆らうことなく、グチュッと秘部に亀頭を押しつけると腰を突き出し、一気に根元までペニスを突き挿れた。

「あっ！　はぁあああ！　そう、そうよ！　いいわ……いいわあぁ」

ふだんはあまり感情を表に出さない能面のような凛音の顔が、一瞬で快感に歪む。せつなげに眉根に皺をよせつつ、愉悦に喘いだ。

その場に、女たちの嬌声が響く。

甘い声だ。ゆえに、溺れた声だ。

そんな声に、咲の興奮もさらに高められる。いや、それは咲だけではないだろう。

「お、俺も……俺もしたい」

先ほどフェラをしたふたりの男のうち、セックスをしていないほうが、いつ射精してもおかしくなさそうなほどふくれあがった亀頭を咲へと向けた。

「……構いませんよ」

腰を振りつつ、男に対して頷いてみせる。

同時に手を伸ばし、自分の尻をつかむと、左右に大きく開いてみせた。白い肌に対してそこだけ少し色素の濃い肛門を剥き出しにしてみせる。

「したいなら……こっちに……」

アナルセックスの経験ならある。二本挿しの経験はないが、きっと、大丈夫だろう。してみたい。二本のペニスで同時に犯される感覚を味わってみたい──わきあがる思いのままに男を誘う。すでに肛門からは、トロトロの腸液まで溢れ出している。

「い、挿れる！　おおおっ！」

男がケダモノのように吠える。同時に肛門に肉先を密着させ、そのまま腰を、躊躇うことなく突き出してきた。

「おっ！　おお！　おぉおおおっ」

メリメリと肛門が広げられていく。直腸が拡張されるのがわかった。

膣道と直腸──ふたつの洞が肉棒の形にされてしまう。肉壁越しに内臓が押しつぶされるような圧迫感を覚え、思わず獣のような声で喘いでしまった。塞がれているのは膣と肛門だというのに、呼吸さえ阻害されているような気分になってしまう。

だが、感じるものは苦しみだけではない。

むしろそれ以上に、強烈な性感を覚えている自分がいた。

「ふっお！　おおお！　んぉおおお！　い、いい……これ、ま×こと、お尻……両方同時……気持ち……いいっ」

隠すことなく性感を口にする。

すると男たちは「おおおお」とふたり同時に吠えたかと思うと、いっせいに腰を振りはじめた。さらなる快感を咲の身体に刻みこもうとするかのように、膣奥を、腸奥を、逞しい肉槍でほじくりまわす。

「んっお！　くほぉおお！　これ！　これ、凄い！　凄い！　凄すぎる！　はじめて……ああぁ！　こんなのはじめてですぅう！」

身体が激しく揺さぶられるほどの突きこみ、まるで全身が性器に変えられてしまったかのような肉悦に、狂ったように喘いだ。

そんな咲の視界に、自分と同じように喘いでいる女たちの姿が入りこむ。歳を取った女性も、自分と同い年くらいの女性も、まだ学校に通っているような年齢の少女たちも――誰もが肉棒の快感に歓喜していた。

ここが外だということも、自分以外のたくさんの人間がいるということも、誰もなにも気にしてなどいない。そんな余裕、どこにもない。

（みんな……本当に気持ちよさそうです。そうですよね……こんな気持ちがいいこと、我慢できるわけ……ないですよね。本当に……ほん、とに……いいから……よすぎるから……こんなの……こんなの簡単に……私……）

ピストンの激しさに比例するように、どんどん快感が積み重なる。ただでさえ熱い身体がより火照り、全身からは汗が噴き出した。白い肌が桃色に染まっていく。ムワッとした噎せ返りそうなほど濃厚な女の発情香が、自分でもわかるほどに、周囲に広がっていった。

周囲の女たちの状況も同じだ。咲と同様狂ったように、ピストンに合わせて悶えている。漏れる嬌声が混ざり、響きわたる。全員の快感が同調しているかのようにさえ感じられる。会場全体が肉欲に塗れていると言うべきかもしれない。まさに肉の宴と言っても過言ではない状況だ。

「もっと奥まで突き入れなさい……もっと、もっとよ」

凜音がより激しい行為を三島に求める。

「奥を……子宮を突いて！　突くの！　ほら、突いてっ！」

女たちがこれまで以上のピストンを命じる。

それらの命に、男たちは素直に従い、ピストン速度をあげ、ストロークを大きなものに変えていった。女たちの肉壺に自分自身を刻もうとしているかのような激しさだ。

「すっごい！　届く……届いてる！　イク！　こんなのイクッ！　イクの……はぁあ……イッちゃうのぉお！」

「気持ちよすぎる！　もう、我慢なんてできない！　だから……だから、来て……たくさん来てぇえ！」

強烈な攻めに、女たちが限界に昇りつめていく。

「イクわ……私もイク！　イクから出しなさい！　三島……おまえの精液で、私を満たしなさい！」

凜音も同じだ。みんなが絶頂に向かっていく。

そんな女たちの感覚と自分の感覚がシンクロする気がした。

「これ、無理です。私……もう……も、う……おぉおお！　い、イキます！　あなたたちのち×ぽが気持ち……よすぎて……イッて……しまいます！　無理！　我慢なんて……あおお！　ふほぉおお！　で、できませんっ！」

抗いがたい絶頂衝動に全身が包まれていく。それを言葉だけではなく身体でも訴えるように、子宮口を亀頭に吸いつかせ、直腸全体で肉槍を押しつぶしそうなほどにきつく締めつけた。

その締めつけに、男たちが「くうう！」と呻く。それとともに亀頭を肥大化させ、激しく肉棒をビクつかせた。肉壁越しにそれらの変化が伝わってくる。

「熱くなってる！　ち×ぽが熱く……だ、出すのですか。射精……するのですか。か、構いませんよ。出して……射精して……ください。たくさん、私の……私の中にあなたたちの熱いものをお願い……します！」

精液が欲しいという思いがふくれあがる。それを躊躇うことなく男たちに伝えた。同時にピストンに合わせて腰を振る。パンパンパンッと性器と性器がぶつかり合った。そのたびに肉棒が肥大化する。蜜壺からはブシュッブシュッと飛び散るほどに多量の愛液が溢れ出す。

そして「で、出るっ！」という言葉とともに、男たちは同時に射精を開始した。ドビュドビュと子宮に、直腸に、白濁液を流しこむ。下腹に強烈な熱気が広がった。男の汁が身体に染みていく。

「はぁああ……す、凄い……これ、いいっ！　い、イクッ！　精液、中出し……気持ちよくて……イキます！　私も……イクっ！　あっあっあっ……んぁあああっ！」

熱気が快感に変換されていく。目の前が真っ白に染まり、思考さえも吹き飛んでしまいそうなほどの愉悦に全身が包まれていった。その愉悦に流されるように、絶頂に至る。身体中をヒクつかせながら、最後の一滴まで精液を絞り取ろうとするかのように、ふたつの穴で肉棒を締めつけた。

男たちはその締めつけに呻きながら、射精をつづけている。

そんな彼らと同じく、周囲の男たちも膣に向かって多量の精液を撃ち放った。

「出てる！　来てる！　あああ……イクぅう！」

「んっひ！　はひっ！　くひぃいい！」

射精を受けた女たちも絶頂に至る。

「いいわ！　あああ……イクっ！　くうう！　三島……おまえの精液でイク！　子宮を満たされて、イクわ！　はふう！　イク！　イクわあぁ」

凜音も肉悦に身悶える。瞳を蕩かせ、開いた口端からは唾液を零す。愉悦に塗れた女の表情を曝け出しながら、肢体を震わせた。

「はぁああ……止まらない。本当に……んふうう……最高です」

咲の絶頂も止まらない。この状況でできることなどなにもない。永遠につづくかのような快感の渦に、ひたすら溺れつづけた。

「はっあ、んはぁあぁ……はぁっはぁっはぁっ……あはぁああ……」

そして——絶頂後の脱力感に全身が包みこまれる。身体中から力が抜ける。全身がどうしようもないほどに弛緩していた。肩で何度も息をする。身体中の感覚がなくなっていた。

そんな咲から、射精を終えた男たちが肉棒を引き抜く。とたんに、ぱっくりと開いたままの膣や肛門から、ゴポリゴポリと精液が溢れ出した。

（いい……凄く気持ち……よかったです……）

心の底からそう思える。それくらい心地いいセックスだった。

同じように「はぁああ……あっは、んはぁああ……」と、周囲でセックスをしていた島民たちも肉悦の吐息を漏らす。凜音をはじめとしたみんなが、ひと目でわかるほどに快感に歪んだ表情を浮かべ、愉悦に溺れていた。

だが、それはほんの僅かな時間だけだ。すぐさま女たちは貪欲な獣のような表情を浮かべたかと思うと「もっと、もっとして……」と、さらなるセックスを懇願する。

「はぁはぁ……ま、まだだ……まだ足りないわ。もっと精液を感じさせなさい」

凜音も三島にそう命じた。発情したその顔を見れば、彼女たちの目には男しか映っていないことがよくわかる。

（媚薬の効果ですね）

そんな彼女たちの様子を、ようやく絶頂の状態から脱した咲は冷静に観察する。

凜音たちとは違い、咲の興奮は先ほどの絶頂で鎮まっていた。酒を飲まなかったおかげだろう。けれど、そんな咲とは違い、酒を飲んでいる男たちの興奮は鎮まらない。二度も射精を終えたばかりとは思えないほどに、肉棒をガチガチに硬くしている。もっと射精したいと訴えるように、肉棒をヒクヒク震わせながら、縋るような視線を咲へと向けた。

「まだ……したいですか？」

問いかけると男たちは、まるで子供みたいに何度も首を縦に振った。

「だったら、ひとつ教えてほしいことがあります。明日の生贄はなんですか？」

男たちは正気ではない。今なら答えてくれるかもしれない。

「それは……無理です」

「明日になれば、わかることだから」

だが、この状態でも明確な答えは返ってこなかった。

「ならば、生贄の意味を教えてもらうことは可能ですか。初日が豚、次が犬、そして猿……この生贄には、どんな意味があるかが知りたいです」

答えてもらえないのならば、搦め手から攻める。

「えっ……生贄の意味ですか？」

男たちは顔を見合わせた。どう答えるべきか――迷っているように見える。

「したいんですよね？」

躊躇う男たちを挑発するように、腰をくねくねと淫靡にくねらせつつ、下腹に力をこめて、肛門や膣からゴポッとさらに精液を溢れ出させた。

それを見た男たちは生唾を飲みこむと「そ、それくらいなら……」と頷いた。

「あの生贄はその……昔から島に伝わる伝承にならって捧げてるんです。島に飢饉が起きたとき、最初島民はなけなしの家畜を御柱様に捧げたんです。しかし、飢饉は収まらなかった。だから次に家畜よりも人に近いもの、人とともに暮らす大切な存在である犬を生贄にした」

「……でも、それでも飢饉は収まらなかった？」

「はい。なので、次は猿を」

「そこで、どうして猿に？」

家畜やペットと結びつかない。

「猿は人を模した存在だからです。家畜やペットより、さらに人に近いものだから、捧げられた」

「なるほど」

捧げるものを島民たちはどんどん人に近づけていったということなのだろう。

「しかし、祭りは四日。生贄も四体。猿でも飢饉は収まらなかった。だったら、その次の生贄は？」

男たちをまっすぐ見つめて問う。

「ですから、それは明日まで教えられません」

「俺たちが答えられるのはここまでです。だから、その……」

男たちは咲の肢体を舐めまわすように見つめている。

「……わかりました」

そんな視線に頷くとともに、咲はゆっくりと立ちあがり、男たちへと近づいていくと「ごめんなさい」と、ひと言謝罪するとともに、すばやくふたりの鳩尾《みぞおち》に拳を入れた。完全に急所を捉えた一撃だ。男たちは「ぐうっ」と呻くとともに、その場に倒れ、気絶した。

この光景を見ているものはいない。この場にいる凜音をはじめとする女も男もみなセックスに夢中で、周囲のことなどまるで目に入ってはいなかった。

(生贄は捧げられるたびに人に近づいていった。そこまでわかれば、四日目の生贄もおのずとわかります。最後の生贄はやはり……)

人間だろう。それも絵から想像するに、捧げられるのは巫女——つまり、皆月昴だ。

(急がなければなりません)

救わなければならない。

文化の違いというのは尊重しなければならないが、そのために人の命を見捨てることなどできない。

「九條くん、菅沼くん、起きなさいっ!」

衣服を整えると、寝ているふたりの身体を揺すった。

「へっ、あっ……雨宮さん?」

「えっ……俺たち、いったい?」

ふたりは頭を押さえながら目を覚ます。薬の効果のせいかボーッとしているようだ。

「申しわけありませんが」

謝罪しつつそんなふたりの背後にまわると、背中に手を伸ばし、グッと強く押しこんだ。とたんにふたりは「ぐぎいいい」と悲鳴をあげ、つらそうに表情を歪ませた。

「い、いきなりなにするんっすか！」

「活を入れさせてもらいました。意識がはっきりしたでしょう？」

「えっ……あっ、それは……まぁ……」

ふたりは頷く。そして、

「──えっ……なんですか、これ？」

と、表情を固まらせた。どうやら周囲の光景が視界に映ったらしい。

「み、みなさん、なにをして？」

わけがわからないといった様子だ。

「説明はあとです。今は……皆月さんを救いに行くのが先決です」

「昴……どういうことですか？」

昴の名に洋介が敏感に反応した。

「……たぶん明日、生贄に捧げられるのは皆月さんです。ですから、今晩中に彼女を救わなければならない。ですから、行きますよ」

それだけ告げると、返事も聞かずに咲は走り出した。

3

社に向かう道を登っていく。

夜道だが、月明かりや星明かりが相変わらず美しいおかげで道に迷うようなこともなかった。特にトラブルに遭うこともなく、社に到着する。

「昴っ！　昴っ!!」

とたんに洋介が駆け出し、社の戸をどんどんとたたいた。ここまで走ってくる間に、咲が立てた生贄に関する仮説は話してある。だからこそ、洋介は焦っているようだ。

周囲に響くほどの声で何度も昴を呼ぶ。すると――。

「その声……まさか、洋介くん？」

という、女性の涼やかな声が社の中から聞こえてきた。

それを聞いた洋介が目を見開く。この反応を見るに、今の声は皆月昴のもので間違いないのだろう。

「ああ、俺だ！　昴！　君を助けに来たっ!!」

そう言うと、洋介は社の扉を開けようとした。だが、開かない。社にはしっかり鍵がかけられている。鉄で作られた和錠だ。それに気づいた洋介は、周囲を見まわして手ごろな石を拾うと、それを使って鍵をたたきはじめた。破壊するつもりらしい。だが、何度たたいても鍵は壊れない。なかなか頑丈なようだ。

「ちょっといいですか?」

無理やり壊すことはできないだろう。そう考え「どいていてください」と、洋介を鍵から離すと、咲はポケットから、こんなこともあろうかと常に持ち歩いている二本のピンを取り出すと、錠前に挿しこんだ。

「雨宮さん……ピッキングもできるんですか?」

「探偵には必要な技能ですからね」

イタズラっ子みたいな笑みで悟に答えつつ、ピンを動かす。丹念に、丁寧に、引っかかりを探した。やがて、カチャリッという音が響き、鍵がはずれた。

「昴っ!」

すぐさま、洋介が扉を開ける。

するとそこには、巫女装束の皆月昴が立っていた。開いた扉から射しこむ月明かりに照らされた彼女の表情は驚きに固まっている。ただ呆然と立ちつくし、洋介を見つめていた。

「来ちゃったんだ……」

祭壇のようなものが置かれているだけで、ほかにはなにもない、なんだか寂しささえ感じさせるような空間で、昴はポツリッと呟く。

（来ちゃった？）

いったい、どういう意味だろうか。まるで来てほしくなかったように聞こえる。

（いえ、今は考えている時間はありませんね）

意味を考えるにしろ尋ねるにしろ、それはあとの話だ。島民たちが肉の宴に興じている間に、この島から脱出する必要がある。

（幸い港には漁船がありました）

漁港に到着した際に船を見た。あれを使って島を出ればいい。

「話はあとです。行きますよ」

そう告げ、すぐさま社をあとにしようとする。

「……それはできません」

だが、昴は首を横に振った。

「できない……どうしてだ。ここにいたら、生贄にされてしまうんだろ!?」

洋介がまっすぐ昴を見つめて問う。

すると、昴はせつなそうな表情を浮かべて「ごめんなさい」と呟いた。

「ごめん……それって、どういう……」

なぜ謝るのか。

考えた瞬間、いきなり背後に男が現れた。背中から羽交い締めにされてしまう。完全なる奇襲であり、さすがの咲も反応しきれなかった。

咲だけではない。悟と洋介も同じように男たちに捕まっている。どうやら彼らは、最初から社のまわりに潜んでいたらしい。

「巫女守として、大事な巫女に手出しはさせない」

耳もとで男がボソリッと囁く。

「こ、このっ！」

状況は最悪だ。それでもなんとか男の拘束を振り払おうともがく。

だが、その刹那、男が首もとに注射器のようなものをプスッと突き立てた。

「あぐっ」

もちろん、刺すだけではない。ピストン部を押し、なにかを流しこむ。

「あっ、こ、これは……」

とたんに、グニャリッと視界が歪んだ。同時に、全身から力が抜けていく。

（ま、マズいです……）

足下がふらついた。立っていることもできず、この場に倒れることとなってしまう。

それは悟や洋介も同様だった。

「洋介くん……」

倒れた洋介に、昴が歩みよるのが見える。

「来てほしくはなかった。でも、来ちゃったんだ。ごめん。ごめんね……洋介くん」

やさしく洋介の頭を撫でながら、昴は何度も謝罪の言葉を口にした。

（なぜ……どうして……そこで、あなたが……あや……ま……る……）

昴の行動はおかしい。意味がわからない。いったい、これはどういうことなのか。

必死に思考するのだけれど、どんどん瞼《まぶた》が重くなる。

結局、答えを出せぬままに――。

「……………」

咲は意識を失った。

第五章　最後の生贄

1

頭にひどい痛みを感じながら、ゆっくりと咲は目を開ける。

「お目覚めですか」

とたんに、視界に入りこんできたのは、三島の顔だった。状況が理解できない。いったい、どういうことなのだろうと考えながら、周囲を見まわす。それほど広くない部屋だ。室内には祭壇のようなものが置かれているけれど、ほかにはなにもない。

（そうか……ここはあの社の中ですか）

昨晩の記憶が蘇ってきた。

「これはどういうことですか？」

問いかけつつ、立ちあがろうとする。しかし、立てない。理由は単純だ。両足を縄で縛られてしまっていたからだ。それに、手もうしろ手に縛られている。もがいてみるが、これではまともに動くことだってできやしない。

（ただ、あまりきつく縛られているわけではないようですね）

手首や足首に縄が食いこんで痛いということはない。

（これなら……）

一度、ギュッと強く拳を握りこんだ。そのあと、すぐに開く。グーパーグーパーと何度も手の開閉をくり返した。

「すみません。邪魔をされるわけにはいかないんですよ」

咲のそうした行動には気づくことなく、三島がそう口にした。その顔は本当に申しわけなさそうだ。こんなことをしておいて——と思わないこともないが、基本的に人がいいのだろう。

「それって儀式の邪魔ということですか？」

「はい」

三島は素直に頷いた。

「……で、儀式はいつから……やはり夜ですか？」

社には窓がない。しかし、だいぶ古い建物だからか、所々に穴が空いており、そこから光が射しこんでいた。社の扉が背後にある。祭壇が北側だ。そして陽射は東から入ってきている。つまりまだ午前中と考えていいだろう。

「いいえ、今日は朝から儀式を行います。最終日ですから」

「なるほど……それで、まさかもう、生贄は捧げ終わった？」

少し怖い想像だった。これで頷かれたらどう反応すればいいのか。それは咲にもわからない。けれど、動揺は決して表に出さない。

「それはまだです。捧げる前にも儀式を行いますから」

多少、ホッとできる答えだった。

「……それで、生贄は……九條くんと菅沼くんのふたりですか。それともどちらかひとり……どうなんですか？」

安心しつつも質問を重ねる。

「……どうして、そう思うのですか」

この問いは三島にとって意外だったのか、驚いたような表情を浮かべた。

「昴様が生贄だと思っていたんじゃないのですか？」

「……そう思っていたようだったって、皆月さんに聞いたのですか?」

口もとに笑みを浮かべながら尋ねると、三島は動揺するようなそぶりを見せる。図星なのだろう。

「実際、そう思ってましたよ。昨日、変な注射を打たれるまでは……でも、私のその考えは間違っていた。いや、ある意味、正しくもあったのでしょうけどね。実際、皆月さんは生贄の候補ではあったのではないですか?」

昨晩、薬で意識を奪われた。しかし、後遺症のようなものは残っていない。意識はぐっすり眠ったあとのようにはっきりしている。おかげで頭の回転もなんだか速くなっているような気がした。

昴と出会ってから起きた出来事や、彼女の反応を思い出しつつ、その行動が意味することを思考する。そこから考えられる最後の生贄についてを推理する。

「皆月さんはたぶん、最初からこの島に菅沼くんを連れてくる予定だった。彼を生贄にするために……それが巫女である彼女の役割だったのでしょう。だが、彼女はそれをしなかった。結果、巫女である彼女が代わりに生贄候補になった」

「その根拠は?」

「島の人たちに皆月さんについて尋ねたときの反応です。最初、島の人たちは皆月さんについて尋ねたとき、基本的にみんな、不機嫌そうでした。しかし、私たち——いえ、九條くんや菅沼くんを見て、その機嫌を直した。それはただの島民だけではない。久杉さんも同様でした。島のみなさんは生贄を連れてくることができなかった皆月さんに腹を立てていた。けれど、皆月さんを探すために生贄が向こうからやってきた。だから、機嫌を直した。そういうことなのではありませんか」

三島をジッと見つめながら尋ねる。

「……目覚めたばかりで、よくそこまで頭がまわりますね。眠らされる直前まではそんなこと、考えてもいなかったんでしょう？」

三島は驚いているというよりも、本気で感心しているように見えた。

「この推論に至った決定的な理由は、昨晩の皆月さん自身の反応です。彼女は菅沼くんを見て、来ちゃったんだと言った。つまり、皆月さんは菅沼くんにこの島には来てほしくなかったということです。なぜ。考えてみれば理由はひとつ。この島に来れば、生贄にされてしまうからですよ」

つまり、昴は洋介を生贄にはしたくなかった。洋介に向けていただろう昴の愛情は、本物だったということだろう。

「どうですか。当たっていますか」

小首を傾げてみせる。

「お見事です。探偵さんって、本当に凄いんですね」

三島はパチパチと手をたたいた。

「ありがとうございます。ただ、わからない点もまだあります」

「なんでしょう？」

「絵に関してです。社の前に置かれていた絵には、生贄として捧げられるものが順番に描かれていた。あの絵の最後の一枚は巫女だった。絵だけから想像すれば、巫女が生贄に捧げられることは確定です。なのに、生贄は菅沼くん……絵の内容とは異なっています」

「ああ、あの絵のことですか。あの絵にはなんの間違いもありません。あの絵の最後の一枚が示しているものは、巫女が無垢なる者を捧げるという意味なんですよ。巫女が手に持っている光——あれは無垢な者を表しているんです」

「……無垢な者？」

それはどういう意味なのかと頭を回転させる。

そこで、悟や洋介が凜音と交わしたやり取りを思い出した。

「つまり、童貞？」

「そういうことです」

洋介が童貞だということを凜音が知っていた理由もこれで説明がつく。

「なるほど……だから、菅沼くんと皆月さんは想い合っていても、セックスをしていなかったということですか。しかし、皆月さんも菅沼くんを生贄にしたくなかったのであれば、とっととセックスくらいしてしまったほうが……いや、それはできなかった。生贄を用意できなかった場合、巫女である自分が生贄になる必要があったから。それは、つまり――」

そこから導き出せる答えはひとつだ。

「皆月さんも処女ということですか。いや、しかし……この島で処女なんて……」

この島では少女や少年たちもセックスをしている。そんな状況で、昴だけ純潔を保つことなど可能なのだろうか。

「いや、最初から巫女になることが決まっていたら、処女を守ることもできますか」

「そういうことです。昴様は生まれたその瞬間から、巫女として生きていくことが定められていた」

「幼い頃からずっと巫女として教育を受けてきたのであれば、いくら好きな男を守るためとはいえ、処女を捨てることはできなかったということですか」

「そういうことですね」

そして、昴は自分が生贄になることを決めた。だが、洋介は来てしまった。こうなった以上、もはや昴の意志だけで洋介を捧げる儀式を止めることはできないだろう。それを悟って昴は昨晩、謝罪の言葉を口にした。

だが、そこまで考えたところで、血の気が引いた。

まだ、昴には洋介を救う術がある。生贄がひとりだとしたら……。

(九條くんも菅沼くんと同じ童貞です。そしてそれを、すでに島の人間は知っている。皆月さんにそれが伝わる可能性も高い。となると……)

昴は洋介を守るために、悟を生贄に捧げるかもしれない。

(マズいですね)

どのような儀式が行われるのかはわからないが、最後に命が奪われることは確定と思っていいだろう。

早くこの状況をなんとかしなければならない——そう考え、手の開閉を何度となくくり返した。

「で、私はどうなるのですか」

そんな行動をしているなどとはおくびにも出さず、三島に問いかける。

「あなたには子を産んでもらうことになります」

淡々とした答えが返ってきた。

「あなたは外から来た女性だ。とても貴重な方です。外からの血を島に入れることができる。だから、あなたを殺すようなことはありません。安心してください」

「……なるほど。であるのならば……」

頷きつつ、少し挑発的な視線を三島へと向けた。

「私はあなたの子供が欲しいですね」

少しだけ言葉の中に艶を含める。

「わ、私の子供ですか？」

とたんに、三島は動揺するようなそぶりを見せた。

「ええ、先日したあなたとのセックス……あれ、とてもよかったですから。どうせ孕まされるなら、三島さんくらい逞しい人にお願いしたいですね。いかがですか？」

言葉を紡ぎながら口を開け、舌を淫靡に蠢かせてみせる。典型的な色じかけだ。我ながら、ちょっと気を抜くと笑いそうにさえなってしまう。正直、わざとらしかった。

普通だったら、こんなものに引っかかりはしないだろう。

しかし今、三島は絶対的に優位な状況にある。なにしろこちらの身体は完全に拘束されているのだ。それに、三島はこの島の人間だ。幼い頃からセックスを教えこまされている。我慢などせず、したくなったらしろ――というのが、この島の教えだ。だからきっと、発情すれば我慢することはできない。

（いえ、もしかしたら、男は我慢を教えられているかもしれませんね。この島では明確に男は女の下であると教育しているみたいですから。ただ、そうであったとしても、たぶん問題はありません）

なぜならば、女のほうから誘っているからだ。

女の誘いを、この島の男が拒絶することなどありえないはずだ。

それを証明するように、三島の股間部がムクリッと、服の上からでもはっきりとわかるほどにふくれあがった。

「それ、勃起していますね。したいんですか？」

露骨に股間へと視線を向ける。

「べ、別にそんなことは……今はその、あなたの監視が仕事ですから」

「別に監視しながらだってできますよね。私が儀式の邪魔さえしなければ、三島さんはそれでいいのでしょう？」

「それは……」

一瞬言葉につまったあと「まぁ、そういうことです」と、三島は頷いた。

「であれば、なんの問題もないですよ。ご覧のとおり、私は動けないのですから。三島さんがしたいようにすればいいのです。ほら、どうです？」

また口を開き、舌をレロレロと動かしてみせた。

そんな露骨な行動に、三島はしばらく考えるようなそぶりを見せたあと立ちあがると、ズボンと下着を脱ぎ捨て、ガチガチに勃起した肉棒を剝き出しにした。そのうえで咲の口もとに、ふくれあがった肉先をよせてくる。

「舐めてほしいんですか？」

上目遣いで尋ねると「はい」と三島が頷いた。肉棒もビクンッと震える。それとともに、ムワッとした牡の匂いが咲の鼻孔をくすぐった。ムラムラする香りに、身体中が熱く火照りはじめる。

「ただ、変なことはしないでくださいよ。不審な行動を取るようなら、あなたは島にとって大切な人ではありますけど……」

「わかっていますよ。私だってこんな状況で抵抗できるなんて思っていませんから」

そう、普通なら抵抗できない。三島だってそれがわかっているから、こんな露骨な誘いに乗ったのだろう。

「それじゃあ……はじめますよ」

艶やかにそう告げると、目の前の赤黒い亀頭に唇を近づけ「んっちゅ」と口づけた。ペニスがヒクッと震える。その反応を確認しつつ舌を伸ばし、肉先に這わせると、そのまま躊躇いなく舐めはじめた。

アイスでも舐めるみたいに、亀頭全体を舌先で刺激する。カリ首や裏スジをねっとりと舐ると、すぐさま肉先からは先走り汁が溢れ出した。その汁を舌先で搦め捕る。少し塩気を含んだ味と、生ぐさい臭いが口内に広がった。喉を上下させ、それを飲みほす。同時に口を開くと、肉先を咥えこんだ。

「んっじゅ、ちゅずるるる……んふぅう……ろうれしゅか。こうやってしゅわれるの……気持ちいいれしゅか？」

肉槍を吸い、舌で尿道口を刺激しながら、上目遣いで尋ねる。

「くっ！　いい……最高に気持ちいいです」

うっとりとした顔で、三島は呟く。本当に心地よさそうな顔だ。口内の肉棒も吸引や扱きに合わせて肥大化する。

「んふ……いいれしゅよ。そのまま……射精したいなら、らひてくらしゃい……じゅっぶる、んじゅぶっ！　ちゅっぶ！　んっじゅぼ！　ちゅぼっちゅぼっちゅぼっ」

性感をあと押しするように、奉仕をより濃厚なものに変えていく。するともっと気持ちよくしてほしいと訴えるかのように、三島のほうからも腰を振ってきた。

「んっぽ！　おぼっ！　ぶっぽっ！」

ただでさえ大きな肉棒が、食道に届きそうなほど奥にまで突きこまれる。想定外の刺激に、咲は思わず目を見開き、苦しげな呻きを漏らすこととなってしまった。

だが、興奮した三島には、こちらを気遣うような余裕などない。さらに激しく、腰を何度も何度も突きこんでくる。ピストンによって、玩具のように何度も頭を揺さぶられることとなってしまった。

口端からは唾液が溢れ、零れ落ちてしまう。三島のストロークは、まるで性玩具を扱っているかのような激しさだった。

「出ます！　もう、出ますっ!!」

本能のままに、三島はうっとりと目を細めながら射精を訴える。

「おっぶ！　んぶうう！　い、いいれ……しゅよ……らひて……らひたいなら……おっおっおっ！　ら、ひて……くらしゃい」

息ができない。苦しい。正直、つらい。眦《まなじり》からは自然と涙まで溢れ出してしまう。

それでも、三島の本能を受け入れる。言葉だけではなく行動でも射精を促すように、より口唇を窄めて、これまで以上にきつく肉茎を締めつけつつ、精液を吸い出そうとするかのように激しく吸い立てた。

「くうぅっ」

三島が呻く。

同時に、ビクビクビクッと口内の肉棒が激しく打ち震え、射精がはじまった。喉奥に濃厚な白濁液が流しこまれる。尋常な量ではない。一瞬で口腔が満たされてしまうほどだった。まるで精液の海に沈められていくかのような錯覚さえ抱いてしまう。そんな状況で肉棒を咥えこんだまま、口内にたまった白濁液を嚥下する。精液が喉に引っかかる感覚に何度か咳きこむと、鼻から少しだけれど鼻水みたいに白濁液が溢れ出した。

「んっは……はぁあああ……」

それでもなんとか精液を飲みほすと、三島は口内からペニスを引き抜いてくれた。塞がれていた口が解放される。反射的にプハアアッと息を吐く。漏らした吐息は自分でもはっきりとわかるほどに精液くさくなっていた。

「全部、飲んでくれたんですね」

咲に対し、三島が興奮の視線を向ける。彼のペニスは射精直後とは思えないほど、ガチガチに勃起していた。口内射精だけでは足りないと、肉棒そのものが訴えている。

「……いいですよ」

その視線に応えるように頷いてみせると、三島は口もとを歪めて笑うとともに、咲の足首を縛る縄を解《ほど》いた。そうしなければ、脚を開けない。挿入することができないからだ。

「この瞬間を待ってましたよ」

「——へ？」

三島が間の抜けた声を漏らす。

刹那、咲は上半身をガバッと起こす。それとともに、縄から両手首を引き抜いた。何度も手を開閉させることで、縄の間にゆるみを作った結果だ。もともとこちらが女だと舐めていたのか、それほど縛りはきつくなかった。そのおかげだ。

引き抜いた両手で左右から三島の首に手刀を打つ。両手で首を挟みこむような一撃だ。

「ぐえっ」

三島が鈍く呻く。

その隙を突くようにすばやく咲は立ちあがると「ごめんなさいね」とひと言謝罪するとともに、三島の頭を両手でつかんで固定し、膝を顔面に打ちこんだ。鼻が折れる音が聞こえる。強烈な一撃に、三島はそのまま倒れ、意識を失った。

「……三島さん、あなたのセックス、悪くはなかったですよ。ですが、すみません、あなたとはここまでです。さようなら」

気絶した三島に、静かに告げるとともに、咲は社を飛び出した。

外に出た瞬間、夏の陽射に全身がさらされる。眩しさに目を細めながら、山の上から島の様子を観察すると、村のある方向とは反対側、島の西側から狼煙《のろし》のようなものがあがっているのが見えた。

(たぶん……あそこですね)

すぐさま、咲は走り出す。

2

「うっく……ん……んんっ？」

なんだか全身に痛みのようなものを感じながら、悟は目覚めた。とたんに視界に飛びこんできたのは、少し離れた位置で、自分を取り囲むように集まっている島民たちの姿だった。島民たちの姿は下に見える。どうやら悟は壇の上にいるらしい。

(なんだ……これ、どういう……)

状況がよくつかめない。

(って、なんだこれ⁉)

そこで気づいた。

身体は壇上に用意された十字架に拘束されていた。

反射的にもがこうとする。しかし、なぜか力を入れることができない。身体中が弛緩してしまっている。まるで自分の身体が自分のものではなくなってしまっているかのようだ。

(なんだよ！ くそっ！)

(雨宮さんは⁉)

こういうとき、頼りになるのは咲だ。思わず救いを求めるように、周囲を見る。だが、咲の姿はない。代わりに視界に入りこんだのは、自分と同じく十字架に拘束された洋介の姿だった。

彼も目覚めている。しかし、その視線は虚《うつ》ろだ。目は開いているけれど、なにも映っていないという感じである。薬で半分意識を奪われている——というような表情だ。

（よ、洋介っ！）

思わず彼の名を叫ぼうとした。

しかし、声さえも出せない。

（どうなってる……なにをされた？）

自分の身になにが起きているのかまったくわからない。ひたすら混乱することしかできない。

「では、これより最後の儀式を行う」

そんな悟の耳に、ここ数日で聞き慣れた凜音の声が飛びこんできた。視線だけそちらに向ける。

凜音はいつもと同じ着物姿だ。そんな彼女の隣には、巫女装束の昴の姿もあった。

「巫女よ……昴よ、捧げよ」

凜音が昴に命じる。

すると、昴はゆっくりと、まずは洋介へと近づいていった。

（……まさか）

捧げるという言葉から想像してしまうのは、毎晩のようにくり返されてきた儀式の光景だ。村人たちに殺された動物たちの姿だ。

(生贄は皆月さんじゃなくて……俺たち?)

洋介の目の前に昴が立つ。同時に彼女は懐から短刀を取り出し、鞘《さや》から引き抜いた。剥き出しになった刃物が、日の光を反射してキラキラと輝いた。昴は切っ先を洋介へと向ける。

(やめろ……やめろぉおっ!!)

洋介が刺される最悪の光景が脳裏をよぎる。

だが、昴は洋介を刺さなかった。彼女が刃物で切ったのは、洋介を拘束する縄だった。洋介の足と手が解放される。彼はそのままその場に倒れ伏した。立っていることもできなかったらしい。

そんな彼を、どこからか現れた数人の男たちが抱えあげ——この場に用意されていた壇の上に仰向けに寝かせた。

昴は短刀を鞘に収めると、洋介につづくように壇にあがり、着物を脱がせた。

(そういえば、僕も……)

この島のものと思われる着物を着せられている。

洋介が裸になる。当然のように露になる肉棒。それはまだなにもしていないというのに、すでにガチガチに勃起していた。

（なんで、あんなに？）

この状況で、あの勃起は異常だ。

（まさか……薬か？）

思わず視線を落とす。すると、悟の肉棒も確かに勃起していた。

「洋介くん……これから捧げます。御柱様に私たちの純潔を……」

ガチガチのペニスを見つめ、昴は静かに呟く。そのうえで、巫女装束に手をかけると、大勢の島民たちに囲まれている状況だというのにそれを脱ぎ捨てた。

昴が生まれたままの姿になる。

モデルみたいで、とてもスレンダーだ。島の人間らしい小麦色の肌がじつに健康的である。釣鐘のような形をした上向きの乳房に、キュッと締まった腰まわり、それでいてムチッとしたヒップがとても美しい。一瞬、このような状況も忘れて、見入ってしまうほどだ。

裸の昴が洋介に跨るような体勢となり、ゆっくりと腰を落としていく。

「……す、昴……」

洋介は必死に言葉を絞り出した。

昴はそんな彼の頬を愛おしそうに撫でつつ――。

「洋介くん……正直、ここには来てほしくなかった」

少しだけ悲しそうに呟いた。

「純潔で逞しい男子――それが生贄に相応《ふさわ》しい男の条件。洋介くんをひと目見たとき、この人しかいないと思った。だから、私は君に近づいた。洋介くんの命を御柱様に捧げるために……」

命を捧げる――やはり、殺すつもりらしい。

「でも、洋介くんと過ごしているうちに、私は本気で洋介くんを愛してしまった。洋介くんを捧げたくないと思ってしまった。だから、私は洋介くんを島には呼ばなかった。君の命を捧げるくらいなら、私の命を捧げたほうがいいと思ったから……なのに君は島に来てしまった。昨日の夜、洋介くんを見たとき、本当にショックだったのよ。これで君の命を奪わなくちゃいけなくなってしまったから……でも、でもね……」

昴の顔から悲しみが消える。代わりに浮かんだのは笑顔だった。

「大丈夫。君の命を奪う必要はなくなったわ。洋介くんを使って御柱様に捧げるのは純潔だけ……本当によかった」

心の底から昴は安堵しているように見える。

（洋介の命を捧げる必要はなくなった——それって……どういう……）

悟の思考は疑問で埋めつくされる。

だが、心の中でなにを思ったところで答えなど出てこない。第一、昴の目には悟の姿などまったく入っていないではないか。

「それじゃあ……はじめましょう、儀式を……」

その言葉とともに、昴はゆっくりと洋介へと唇をよせていった。

「んっふ……」

口唇と口唇が重なる。ただ唇を重ねるだけの口づけだ。だが、その一度だけでは終わらない。

「んっちゅ、ふちゅっ……ちゅっちゅっ……んちゅう」

何度も何度も、洋介への愛おしさを訴えるように、昴は口づけをくり返す。いや、それだけでは足りないとでも言うように、ただ唇を重ねるだけではなく、彼の口腔へと自分から舌まで挿しこんだ。そのまま口腔を激しくかき混ぜる。グッチュグッチュグッチュという卑猥な水音が周囲に響きわたった。

唾液と唾液を交換するような深い口づけ——しばらくそれをつづけたあと、昴は唇を離した。チュプウッと口唇間に唾液の糸が伸びる。淫靡な表情を浮かべつつ「はふぅう」と、昴は淫靡な吐息を漏らした。

そのうえで、改めて立ちあがったかと思うと、寝転がる洋介の顔面に跨るような体勢となった。薄めの陰毛に隠された花弁を、洋介の顔面に自分から押しつける。

「洋介くん、舐めて……何度も教えたとおりに、私を感じさせてね」

昴はどこまでもやさしく囁く。

そんな彼女の言葉に従うように、洋介は舌を伸ばすと、恋人の秘部をクチュクチュと舐めはじめた。

「あっ……んんっ……あはぁあ」

舌が動き出したとたん、昴は熱い響きを含んだ吐息を漏らす。ヒクンッと身体を震わせながら、目をうっとりと細めて「いい……いいよ」と、島民たちに見られているということなどまるで気にすることなく、愉悦に肢体を震わせた。

「もっと舐めて。もっと吸って……どこをどう弄れば気持ちがいいのか……それ、教えてあげたでしょ。思い出して。ねぇ、もっと……お願い」

けれど、まだまだ満足できないらしい。

さらなる愛撫を求める言葉を口にしつつ、身体でもおねだりするように腰をくねらせる。自分からこれまで以上に強く腰を洋介の顔面に押しつけ、まるで自慰でもするかのように、何度も何度も花弁を擦りつけた。

そんな淫靡な求めに、洋介はどこまでも素直に応じる。舌をよりくねらせて、肉襞の一枚一枚をなぞるように舐めつつ、ときには陰核を転がすように刺激を加えたりもした。口唇で勃起したクリトリスにキスをし、ジュズルルッと激しく吸いあげたりもする。その音色の大きさに比例するかのように「はっふ、あっあっ……んんん！　い、いいいっ！　凄くいいいっ」と、昴が漏らす吐息もどんどん艶めいた、愉悦に塗れたものに変わってきた。

背すじを反らし、首すじをさらし、瞳を潤ませ、褐色の肌でもわかるほどに頬を赤く染めた発情顔を空へと向ける。噴き出す汗が小麦色の肌を濡らす。

巫女のそうした淫靡な姿に、周囲で見ていた島民たちが「おおおお」と咆哮《ほうこう》するような声をあげた。

「見て……みんな、私を見て……御柱様にすべてを捧げる私の姿を……はぁあ！　あっは、んはぁあ！　イク……これ、イクっ！　私……イク！　みんなの前で……あっあっあっ！　イクの……イッちゃうのぉ」

島民たちの視線によって昴の興奮と快感は高まっているらしい。絶頂に向かって高まっていく——洋介はそうした彼女の絶頂衝動をあと押しするように、ただひたすら、一心不乱に肉花弁を吸いつづけた。自分が置かれている異常な状況を気にする余裕もないほどに、洋介も興奮しているらしい。

だが、それは洋介だけではなかった。

(なんだ、これ……熱い……僕の身体……滅茶苦茶熱くなってる……)

悟にも気持ちがわかる。

全身が内側から燃えているのではないかとさえ思ってしまうくらいに、悟の身体も火照っていた。

異常な状況。そのうえ、身体は十字架に拘束されている。普通ではない。こんな状況で興奮するなどありえない――頭ではそう理解している。だというのに、肉体の疼きを抑えられない。自分の意志ではどうしようもないほどの昂りを感じてしまう。それを証明するように、肉棒はガチガチに勃起していた。

「射精……したいだろう?」

着物の上からでもはっきりとわかるほどに肉棒は硬く、熱く、滾《たぎ》っている。ひと目でわかるほどだ。凛音がそれに気づいたらしく、囁くように問いかけてきた。

「そ、そんなことは……」

したい。射精したい――本能が訴えている。だが、理性はまだ残っている。こんな状況で頷くことはできない。必死に欲望を抑えこみ、首を横に振った。

「本当かしら。ほら、これでも？」

しかし、信じてなどもらえない。

間近まで接近してきて、凜音が手を伸ばす。着物の上から肉棒に触れられた。指の一本一本を肉茎にからみつけ、ゆっくりとした手つきで、そっとペニスを撫でてきた。

「ふあっ！　あっ、だめ！　それ……だめ！　だめですよっ！」

少し撫でられただけだというのに、ゾクゾクとしたものが背すじを駆け抜けていく。チカッチカッと視界が明滅するほどの愉悦としか言えない感覚が走り、着物の中でペニスが激しくビクついた。

「射精したいのなら、射精するがいいわ。抗わないで。本能に従いなさい」

着物の上から撫でるだけでは終わらない。ゆっくりと着物を脱がされる。拘束された状態のまま、裸を、ガチガチに勃起した肉棒を、大勢の人々の前で剝き出しにすることとなった。

「ほら、もう先走り汁が出ているわ」

言葉どおり、ペニスは肉先から溢れ出した汁で、グチョグチョに濡れていた。日の光を反射してヌラヌラと輝く亀頭部は、今にも破裂してしまいそうなレベルでパンパンになっている。

そんな肉棒を、凜音が躊躇することなく握った。しかも、ただ握るだけでは終わらない。そのまま性感をあと押しするように、肉棒を扱きはじめた。根元から肉先までをくり返し擦る。グッチュグッチュグッチュという淫靡な音色が、リズミカルに響きわたった。

「だ、だめです……出る！　そんなにされたら……簡単に射精……あっあっ！　射精しちゃいますから！　だめですよ！　やめてください！」

当然のように、射精衝動がどうしようもないほどにふくれあがった。

「なにを言っているの。出したいのなら、出せばいいわ。遠慮する必要なんてない。本能に逆らうなんて間違っているわ。ほら、イキなさい。このまま精液を放ちなさい。みんなに見てもらうのよ。昴といっしょに絶頂するの」

なにを訴えても、凜音は止まらない。それどころか耳もとで射精を促しつつ、舌を伸ばしてきたかと思うと、耳たぶを舐めまわした。口唇で耳を甘噛みし、耳穴に舌先を突きこむ。耳の中をかき混ぜる。

「ふあっ！　あああ……すご……こんな、凄すぎるっ」

まるで頭の中をじかに舌でかき混ぜられているかのような感覚があまりに心地よす

ぎて、拘束された状態のまま全身をビクビクと震わせた。自分の意志ではどうしようもないほどに射精衝動が増幅している。

そんな悟にまるで同調するかのように「イクっ！　あああ……洋介くん……私、もう……イクっ！　イクの！　イッちゃうのぉ」と、昴も限界に昇りつめていった。

そして——。

「あっあっ……んぁあああ！」

昴が絶頂に至る。

洋介の顔に跨ったまま激しく肢体を痙攣させるとともに、秘部から愛液を、まるで失禁でもしているのかと思えるほどの勢いで噴出させた。洋介の顔がグチョグチョに濡れていく。

そうした有様に、島民たちがより大きな歓声をあげた。空気まで震えるのではないかとさえ思ってしまうほどの声だ。

「さぁ、射精しなさい」

同時にギュッと、凜音がこれまで以上の力で肉棒を握った。刹那、必死に抑えこもうとしてきた射精衝動が爆発する。

「はっく！　うぁああ！　あっあっ……はぁあああ！」

強烈な快感に歓喜の悲鳴を漏らしながら、悟は精液を撃ち放った。衆人環視のなか、凛音の手が精液でパックでもされたのではないかと思えるレベルでグチョグチョになるほど白濁液は多量だ。自分のすべてが吸い出されてしまうのではないかとさえ思ってしまうような快感に、身体中が包まれる。

「んはぁあ！　あああ……いいっ……洋介くん……いいよ。気持ちよすぎて、イクの……止まらないよ」

絶頂衝動に歓喜しつづける昴にシンクロするかのように、ドクドクと精液を放ちつづけた。永遠につづくのではないかとさえ思ってしまうほどに、長い射精だった。

「うあ……はぁああ……」

やがて、身体中から力が抜けていく。強烈な脱力感に全身が包まれた。意識さえも飛びそうになってしまう。

だが、そうして落ち着けたのは一瞬だけだった。

「なっ……これ、なんだ……なんだ、これ!?」

肉体に、さらなる変化が起きる。

ドクッドクッドクッと、胸が激しく鼓動をはじめた。ただでさえ熱い身体がより火照ってくる。それとともに肉棒が、射精直後とは思えないほどに、再び硬く、熱く、滾りはじめた。亀頭が膨張し、肉茎には血管が浮かびあがる。同時に強烈なもどかしさが股間部から全身に広がっていった。

「なにが起きて……出した……僕、もう射精したはずなのに……」

まだ足りない。もっと射精したい――その欲望に、身体も心も支配される。

「ふふ、もっと出したいのね。もっと射精したいのね。構わないわ。その欲望に抗わないで。思いに従うのよ」

凜音がまたしても囁く。

いや、それだけではない。

彼女は妖艶な表情で笑ったかと思うと、悟の前にしゃがみこんだ。ガチガチになった肉棒に、吐息がかかるほど近距離まで顔をよせてくる。

「んっちゅ……ふちゅううう」

ペニスは白濁液でグチョグチョだった。けれど凜音は気にすることなく、亀頭部にキスをした。

「ふあああっ！」

口唇の、柔らかく生温い感触が肉先に伝わってくる。はじめての感覚に、肉棒を震わせるとともに、悲鳴をあげてしまった。

「たっぷり感じさせてあげるわ」

上目遣いで悟が悶える姿をどことなくうれしそうに見つめつつ、凜音がさらに肉棒にキスを重ねる。くり返し、何度も何度も、まるで恋人と口づけするかのような濃厚さでだ。そのうえで舌を伸ばして肉槍を舐めまわす。亀頭を舐り、カリ首を舌先でくすぐるように刺激した。裏スジをれろぉおっと舐めあげたりもする。ついには、肉棒が口に呑みこまれた。

「あああ、ヤバい……こんなの、ヤバすぎる！」

ペニス全体が凜音の口腔に包まれる。生温い口の感触があまりに心地いい。咥えられているのは肉棒だけでしかないというのに、まるで全身が凜音に包まれているかのような気さえしてしまう。ペニスを中心に身体がドロドロに溶けてしまうような肉悦だ。強烈な快感を前に、ただただ悶え狂うことしかできない。

「さぁ、洋介くん……ここからが本番よ」

そんな悟の視界に、再び洋介の股間部に跨ろうとしている昴の姿が入りこんだ。

昴はガチガチに勃起したペニスに手を添え、先端部の位置を調整する。ゆっくりと腰を落としていき、肉先に花弁をグチュリッと密着させた。とたんにヒダヒダが蠢き、ぐちゅうっと肉先にからみついた。膣口がぱっくりと開いていく。肉花弁全体が挿入を求めているかのような反応だ。

本能にあと押しされるように、昴は腰をさらに落としていく。肉棒の先端部が膣口を拡張し、中へと沈みこんだ。

「あっは……んはぁあああ……」

昴は熱い息を吐きながら、どんどん肉棒を蜜壺に挿入していく。やがて半ばほどまでペニスを呑みこんだところで、昴が一度動きを止めた。

「わかる……洋介くん、君のおち×ちんが……当たってるよ。私の処女膜に……純潔の証《あかし》に……わかるよね？」

洋介の頬をやさしく撫でながら、昴が問う。彼女の言葉に洋介は、愉悦に塗れた表情を曝け出しつつ、コクコクと首を縦に振った。

「二十年前……豊穣祭のこの儀式で……巫女だった私の母は……あそこにいる久杉凜音は妊娠したの……そして、私が産まれた。母と姓が違うのは、皆月というのが父の姓だから。父が生きていたっていう証なの。そんな前の儀式から二十年、ずっと私は……んっは、はぁあああ……巫女として育てられてきた。みんながセックスをしていても、私だけはすることなく、ずっとずっと……純潔を守ってきた。洋介くん、それはね……すべて、この瞬間のためだったの。御柱様に純潔を捧げるために……さぁ、捧げましょう、洋介くん、私といっしょに、御柱様に大切なものを……」

そこまで洋介に語ると、昴は一度彼から視線をはずし、周囲の島民たちを見まわした。

「捧げろ！　捧げろ！」

「御柱様に純潔を！」

島民たちが唱和する。

「これからの二十年、新たな豊穣のために……」

凜音が咥えていた悟の肉棒を一度放し、ペニスに頬を密着させたまま、そう口にした。

そうしたみんなの言葉にあと押しされるように、昴は止めていた腰の動きを再開し、腰を落としていく。より深くにまで、肉棒を呑みこもうとする。

「あっぎ……んぎいいっ！」

ジュズブッと一気に根元まで、昴は洋介のペニスを咥えこんだ。とたんに彼女の口から悲鳴があがる。眉間に皺がよった。苦痛の表情が浮かぶ。結合部からは赤い破瓜《はか》の血が流れ出していた。

「入った……ふぐぅう……奥まで……いちばん奥まで洋介くんのおち×ちん、入ったぁああ……んぐうう……ふくっ、くふぅうう……これ、当たってる。私の子宮に……洋介くんの熱いのが当たってるの……わかるよ」

苦しげな吐息を漏らしながら、愛おしそうに昴は自分の下腹部を撫でた。

「やっと、やっとこの日が来た……うれしい」

感慨深そうに呟きながら、昴は眦から涙を流した。

「でも、思った以上に痛いかも……」

実際、その表情はきつそうだ。

すると、壇上にひとりの男があがってきた。その手に香炉のようなものを持っている。そこから立ちのぼる煙を昴に嗅がせた。

「ああ……はぁあああ……」

とたんに昴の表情から苦しみが消える。代わりにうっとりと蕩けるような表情を浮かべたかと思うと、熱い吐息を漏らした。

「さぁ、はじめるよ……洋介くん」

ひと言口にして、洋介に一度キスをすると、昴は自分から腰をゆっくりと振りはじめた。

「んっは、はふぁああ……あっあっあっあっ……あはぁああ……」

嬌声を漏らしながら、自身の腰をくねらせる。性器に性器を打ちつける。香を嗅いだ効果なのか、痛みはほとんど感じていないらしい。

「いい……これがセックス。これが洋介くんとの……あはぁあ……いいよ。すっごく……すっごく気持ちがいい。感じる……感じるよ、洋介くん」

快感を躊躇わずに訴える。昴が腰を打ちつけるたび、結合部からはブシュッブシュッと愛液が飛び散った。

「気持ちいいかな。洋介くんも感じてる？」

「いい……気持ち……いい……」

絞り出すような声で、洋介も快感を訴える。

「うれしい……もっと……私で感じてね……んっちゅ、ふちゅうう」

恋人の返事に、昴は本当にうれしそうな表情を浮かべたかと思うと、グラインドをつづけつつ愛おしそうに、再び彼の唇にキスをした。

繋がり合いながら、舌をからめるほど深い口づけをする。本当に心地よさそうだ。

あんなセックスをしてみたいという欲望を、悟も抱いてしまう。いや、それは悟だけではない。周囲で見ている島民たちも同じようだ。

女たちは鼻息を荒くしたかと思うと、それぞれ男たちを呼びよせ、口づけをはじめる。そのまま男の服を脱がせ、女たち自身も全裸になった。そのうえで男たちを地面に押し倒し、彼らに跨ると、そうすることが当然だとでも言うように、セックスをはじめた。

そこかしこで男女が繋がり合う。腰を振る音色とともに「ああ……いいっ！　気持ち……いいっ」と、歓喜の悲鳴を響かせた。

「いいわ。いいわ……捧げるのよ、みんな……捧げるの。御柱様に快楽を……豊穣の祈りを……はぁあああ」

その光景を見つめて、凜音が歓喜する。

（こんなのおかしい。異常だ……）

普通ではない。異様な状況だ。

しかし、興奮してしまう。青空の下で無数の男女が躊躇いもなくセックスする有様に、悟の劣情もどんどんふくれあがった。

「大丈夫よ。おまえにもたっぷり快感を味わわせてあげるわ」

そうした変化に気づいたのか、凜音は笑うと、再びペニスを咥えこんだ。

「んっじゅ、ちゅずるる……んっじゅぼ！　ちゅずぼっ！　じゅっぽ！　んじゅっぽ！　じゅぼっじゅぼっじゅぼっじゅぼっ！」

加減などいっさいない。最初から全力で肉棒を刺激する。口唇で肉茎を圧迫しながら頭を振り、ペニスを扱きあげる。同時に、頬を窄めて激しく肉槍全体を吸っている。口腔すべてを使って精液を吸い出そうとしている。

「あぁあ、それ、ヤバすぎるっす！　無理！　こんな……我慢なんかできるわけない！　くはぁああ……ないっすぅう！」

童貞には、あまりに強すぎる刺激だった。あっという間に肉体は限界まで昇りつめる。どうしようもないほどに射精衝動がふくれあがる。わきあがる絶頂衝動を抑えることなどできはしない。半泣きになりながら、限界を訴えた。

「構わないわ。出したいなら、このまま出しなさい……じゅろろ、んじゅろろろぉ……おまえの精液、たっぷり味わわせて」

凛音はペニスを放さない。射精衝動をあと押しするように、食道にまで届いているのではないかとさえ思ってしまうほど奥にまで肉棒を咥えこんだ。そのうえで、激しくペニスを吸引する。

「うぁああ！　無理だ！　無理！　もう……耐えられない！　で……る……もう……出る！　出ます！　僕……イキます！　イッちゃい……ますぅう！」

抗えるわけがなかった。

視界が真っ白に染まるほど強烈な快感に流されるがままに、凜音の口内にドクドクと、多量の白濁液を撃ち放った。

「むっふ……んんんっ！」

はじまった射精に、凜音は驚いたように目を見開く。けれど、決してペニスを放しはしなかった。それどころか、啜りあげてくる。射精に合わせて、より吸引を強いものに変える。

「おおお！　くぉおおお！」

快感のうえに快感を重ねられるような状況に抗うこともできぬまま、ひたすら精液を放ちつづけた。

「むふぅう……これは……思った以上にたくひゃんらひたかな」

肉棒を咥えたまま、凜音はうれしそうに笑う。それとともに、彼女は喉を上下させると、悟が放った精液をすべて飲みほした。そのうえで――。

「まらお、もっろ……射精してもらうわよ……んっじゅるる、ちゅっずる。じゅずるるるるるぅ」

再び肉棒を吸いあげた。

「なっ……無理！　こんな……連続なんて無理っすぅう！」

達したばかりで、肉棒は敏感になってしまっている。正直、痛みさえ覚えてしまうレベルだ。だが、凜音は止まらない。それどころか、これまで以上の激しさで肉棒を刺激する。しかも、ただ亀頭を吸っているだけではない。今度は手で睾丸を転がすように愛撫するなんて行為まで加えていた。

そうした肉奉仕によって、感じた痛みはあっさりと溶けた。代わりに、再び強烈な肉悦が下半身から全身に広がっていった。

「はぁああ！　あっあっ……あああ！」

そんな愉悦に、まるで女のように悟は喘いだ。

「洋介くん……いいっ！　いいよ！　どんどん気持ちいいのが大きくなってきてる！　あああ……あはぁあああ」

シンクロするかのように、昴の嬌声も、島民たちの「あああ、はぁあああ！」という喘ぎも、より大きなものに変わっていった。

「みんなの快感を、絶頂を……ひとつにするのよ。御柱様のために……じゅぞろろ、んっじゅろろろぉ……」

まさに肉欲の儀式としか言いようのない状況だ。

「で……出る……昴……俺、もうっ」

そうした状況のなかで、洋介が限界を口にした。

「いいよ、出して。洋介くんの精液……私の中に……子宮に注ぎこんで」

昴も射精を求める。言葉だけではなくきっと、肉体でも訴えるように蜜壺を収縮させて、ペニスを締めつけていることだろう。

「うあっ！　あぁぁああ！」

もう我慢できないというように洋介が吠える。

「……僕も……もうっ！」

洋介に引っぱられるように、悟の射精衝動も限界に昇りつめる。

「構わないわ。出しなさい、御柱様に……我らが神のために……んんん！　おっむ、むぶぅう！　じゅっぷ！　むじゅううっ！」

マグマのように熱い汁が、根元から肉先に向かって駆けあがる。そのあと押しをするように、ひたすら吸引がつづく。抗うことなどもはやできない。

「イク！　あああ、出る！　出るぅうう！」

射精衝動が爆発する。

「昴！　もうっ！」

洋介も昴に限界を訴えた。

「来て！　来てぇぇぇ！　んっちゅ！　ふちゅう」

射精を求めるように、どんどん腰の動きを激しいものに変えつつ、口づけまでする。

洋介の身体と昴の身体が密着する。ふたりの身体が本当にひとつに溶け合い、混ざり合っているかのような光景だ。

そうした濃厚な繋がりによってさらなる快感を刻まれた洋介が「出る！」と、ついに絶頂に至る。全身をブルッと震わせるとともに、昴の膣奥に向かって多量の白濁液を撃ち放った。

「あぁあ、来た！　出てる！　熱いの……流れこんでくる！　イク！　これ、イクっ！　イクイク──イクぅうう!!」

中出しを受けた昴が、絶頂に至る。瞳を蕩かせ、唇を半開きにした女の顔を曝け出しながら、絶頂感に身悶えた。

「おおお！　もうっ！」

ふたりの絶頂に同調するように、悟も限界に至る。ドクンッと肉棒を脈動させ、凜音の口腔に向かって精液をドクドク撃ち放った。

「むっふ！　んふぅううっ!!」

先ほど同様、凜音はそれをすべて口腔で受け止めてくれる。啜りつづけてくれる。

これで三度目とは思えないほど多量の白濁液を、ただひたすら凜音の喉奥に向かって注ぎつづけた。

そうした絶頂は悟や洋介だけではない。この場に集まっている島民たちも同じだった。そこかしこで男たちが射精し、それを受けた女たちが絶頂に至る。この場にいる全員の快感がひとつに混ざり合っているかのようだ。

「はぁああ……はあっはあっ……はふぁあああ……」

身体中が脱力する。十字架に磔《はりつけ》になった状態のまま、何度も悟は肩で息をした。

「さぁ……最後よ」

そんな悟に、口内に射精された精液を再びすべて飲みほして、凜音が囁く。

「さ、いご……？」

いったい、なにが？

疑問を抱いていると、洋介と繋がり合ったまま「はふぁああ……」と吐息をついて、昴が立ちあがった。ジュボンッと肉棒が引き抜かれる。ぱっくり開いた膣口からは、ゴポリッと白濁液が溢れ出した。太股を伝って、熱汁が垂れ流れ、落ちていく。

そのような痴態を曝け出した状態で、昴がゆっくりと悟に近づいてきた。

「この島で童貞は行為終了後、おち×ちんをおま×こから引き抜くまでなの。だからもう、洋介くんは童貞じゃない。生贄に捧げることはできない。だから……だからね……ごめんね、九條くん」

昴が謝罪する。

どうして彼女が謝るのか——その理由はすぐに理解することができた。なぜならば、彼女の手には短刀が握られていたからだ。

「まさか……僕を？」

「本来なら、巫女は子種を受け取ると同時に、相手の男の純潔を御柱様に捧げる。だが今回、純潔者は——生贄候補は菅沼洋介ひとりではなかった。すまないね」

凜音も謝る。

「い、いやだ……やめ……やめて……死にたくない。皆月さん、やめて……」

死の恐怖に、心と身体が震えた。縋るような視線を昴へと向ける。

「ごめんなさい」

だが、返ってきたのは謝罪だけだった。

同時に、昴は鞘から短刀を引き抜いた。美しい刃文を描いたものを剥き出しにし、それを振りあげる。

「あっ……助け……雨宮さん……助けてっ！」

それとともに脳裏に浮かんだのは、咲の顔だった。必死に声を振り絞り、救いを求める。刹那――。

「あああああっ！」

気合の入った声が響き、目の前で、昴が蹴り飛ばされた。

「あぐううっ！」

昴は吹っ飛び、苦痛の呻き声を漏らす。

「遅れてすみません」

巫女の代わりに悟の目の前に立ったのは、いつもと変わらぬ涼やかな顔をした咲だった。

「あ、雨宮さんっ！」

「すぐに助けてあげますね」

咲の口もとに笑みが浮かぶ。その顔は、これまで悟が出会ってきたどんな人よりも美しく、頼もしいものだった。

「くっ！　お、おのれっ！」

咲の登場に驚いたような表情を浮かべつつも、凛音が立ちあがる。彼女の手にもやはり短刀が握られていた。切っ先を容赦なく咲へと突き出す。だが、咲はまるで動じることなく、僅かに身を翻すことで、あっさりとその一撃を回避した。そのうえで、凜音の手を取って捻る。

「あぐううっ！」

凜音は苦痛の呻きを漏らし、短刀を落とした。それを確認するとともに、咲は凜音を一本背負いで投げる。凜音は背中をしたたかに打ちつけて「ぐううう」と呻いた。かなり痛そうだ。しばらく動くことはできないだろう。

咲はそんな彼女を一瞥《いちべつ》することなく、すばやく短刀を拾いあげると、それを使って悟の縄を切った。ようやく身体が自由になる。

「動けますか？」

何度も絶頂させられたうえ、たぶん変な薬だって投与されている。そのせいで頭はクラクラし、身体もなんだか重い。それでも動けなくはない。

「だ、大丈夫です」

なんとか頷いてみせる。ならよしと咲は、倒れている洋介へと走っていった。

「菅沼くん、立てますか？」

「えっ……あっ、は、はい」

洋介は咲の問いに頷くと、ふらつきながら立ちあがった。

「お、おい！　生贄がっ！」

そこで、絶頂後で脱力感のなかにいた島民たちが、ようやく異変に気づいた。

「巫女さまと村長まで！　おのれぇえっ！」

島民たちの怒気が向く。

「このおおっ！」

同時に壇のすぐ近くにいた、先ほど香炉を持ってきた男が咲に向かって突進した。

しかし、咲は涼しい顔で男を見る。焦りなどまるでない。どこまでも冷静な視線で男の動きを観察しているようだ。

男が拳を振りあげ、殴りかかる。

瞬間、咲は突き出された男の手にそっと触れた。すると、男の身体は回転し、勝手に吹っ飛んでいった。たぶん合気の一種だとは思うが、それ以上のことは格闘技素人である悟にはまるでわからない。まるで魔法でも見せつけられているかのような光景だった。

「さぁ、逃げますよ」

まだ島民たちと壇の間にはそれなりの距離がある。逃げるなら、今しかない。

「わ、わかったっす！」

頷き、悟はすぐに走り出そうとした。

だが、洋介が動かない。彼は倒れている昴を見ている。どうするべきか決めあぐねているようにも見えた。

「なにをしているのですか！　すぐに行きますよ！　めざすは漁港です」

咲が洋介を促す。彼は迷うようなそぶりを見せたものの、やがて頷いた。

3

三人で漁港に向かって走る。背後からは島民たちのものと思われる怒声が聞こえた。大事な生贄を逃がすつもりはないらしい。それでもまだだいぶ距離はある。これなら、逃げきることは可能だろう。

実際、しばらく走りつづけていると、漁港が見えてきた。何隻もの船が見える。

「あの船で逃げますよ」

「はい……でも、船、動かせるんですか!?」

「問題ありません。こんなこともあろうかと、船舶免許は取っています」

「さすがっ！」

などというやり取りを悟としつつ、一隻の船に乗りこもうとした。

「逃がさねぇっ！」

瞬間、いきなり男が物陰から現れた。その手にはナイフが握られている。

「なっ！」

（これは……マズいですっ！）

完全に不意を突かれてしまった。これでは避けられない。まるでスローモーションのように、自分へと刃物が近づいてくるのが見える。死を覚悟せざるえない。しかし、ナイフが身体に突き立てられる刹那、ドンッと咲の身体は吹っ飛ばされた。悟が体当たりしてきたらしい。結果、これまで咲が立っていた位置に悟が立つこととなり、彼の脇腹にナイフが突き立てられた。

「こ、このぉっ!!」

すぐさま咲は体勢を立て直すと、悟からナイフを引き抜いた男に接近し、その身体を容赦なく海へと投げこんだ。

「九條くんっ、大丈夫ですか!!」

「な、なんとか……それより、雨宮さんは……大丈夫っすか？」

蹲《うずくま》った悟の顔は青白くなっている。表情もかなり痛そうだ。それでも悟は、まず咲のことを心配している。そうした悟の思いになんだか熱いものを胸に感じつつ「大丈夫ですよ」と答える。すると、悟は心の底から安堵したように「よかったっす」と呟いて笑った。

そんな彼の肩に手を貸し、立ちあがらせると船に乗りこんだ。洋介も心ここにあらずといった表情を浮かべつつもついてくる。彼が乗りこんだのを確認すると、悟を寝かせたうえで操縦席へと移動した。

(よし、これならいけます)

全員が顔見知りの島で防犯なんて、ほとんど意味がない。思ったとおり、キーは挿さったままだ。これならすぐに始動できる。エンジンをかけた。スクリューがまわり、船はすぐさま漁港から離れた。

「待ってっ!」

そこで声が聞こえた。

視線を向けると、村人たちが港に集まっていた。先頭には巫女装束の昴が立っている。声をあげたのは彼女だ。

「行かないで、洋介くんっ!!」

船上で呆然と立ちつくし、港を見つめる洋介に向かって大きな声で叫ぶ。

「私は……私は君といたい。ずっといっしょにいたいの！　だから、行かないでっ！　お願い！　好きなの！　君を愛してるのっ!!」

言葉を重ねる昴の表情は必死だ。心の底から洋介を引き留めようとしていることが、誰の目にもわかる。

そんな昴の姿に洋介は動揺して、目を泳がせる。

「だめですよ」

咲ははっきりと洋介に告げた。

「戻れば、生贄にされるかもしれません。聞き入れてはいけません」

島に残れば、殺されかねない。

「大丈夫。洋介くんは殺されない。洋介くんにはもう……生贄の資格はないから。だから、大丈夫！　大丈夫だから……お願い、行かないでっ!!」

まるで咲の言葉が聞こえたかのような言葉を、昴が絶叫した。さらに洋介の瞳が揺らぐ。

「いけません。聞いてはだめです」

「だめだ……洋介……」

横になっていた悟も、苦しそうな表情を浮かべつつ洋介を引き留めた。ふたりでまっすぐ洋介を見つめる。

その視線に彼は一瞬迷うようなそぶりを見せたあと「ごめん……悟。すみません、雨宮さん……」と謝罪した。その理由は考えるまでもないだろう。

「なぜですか。皆月さんの言葉が事実だと言いきることはできないのですよ。死の可能性は残っているのですよ」

「わかってます。もちろん、わかってますよ」

洋介は何度も頷いた。

「でも……俺はやっぱり……昴を愛してるんです。昴は独りぼっちだった俺にとって、本当に家族みたいな存在だから……昴と離れるくらいなら死んだほうがマシだって思えるくらい、大切な存在なんです。だから……すみません。その、今までありがとうございました」

洋介は咲に深々と頭を下げた。

「悟……じゃあな」

つづけて悟にもそう告げたかと思うと、彼は甲板から海に飛びこんだ。そのまま島へと泳いでいく。

「……雨宮さん」

どうすればいいでしょうか——悟がそう訴えるような視線を向けた。

その問いかけに対する答えは——。

「できることはありません」

それしかなかった。

引き返すことはできない。危険すぎる。それに、早く悟を病院に連れていかなければならない。

咲は唇を噛みしめながら、船を進める。

ゆっくりと、島が遠ざかっていった……。

4

あれから一カ月がすぎた。

「やっと退院できたっす！　心配おかけしてすみません」

事務所へと顔を出した悟が頭を下げる。

「別に謝るようなことはありません。けがをしたのは私のせいなのですから、謝るのは私のほうです。それと改めて、あのときはありがとうございました」

悟がいなければ、確実に刺されていた。悟は命の恩人だ。

「そんな、礼なんてやめてくださいっす。実際、僕だって、その前に雨宮さんに助けてもらったわけですし。だからその……お互い様ってことで」

困ったような、恥ずかしそうな表情で悟は謙遜している。そんな姿がなんだか少しかわいらしく見えた。

「ふふ、それじゃあ、退院祝いといきましょうか」

テーブルの上に酒とつまみを置く。

(まぁ、あまりたくさん飲むつもりはありませんけどね)

癖は出さない程度にセーブする――なんてことを考えながら、悟と乾杯した。

「それで、その……洋介は？」

飲みはじめてしばらくしたところで、悟がそんなことを尋ねた。その問いに対し、咲は首を横に振る。

「あのあと、九條くんが入院中に、警察とあの島に行ってみました。しかし、島には誰もいなかった」

「誰も……どういうことですか」

「そのままの意味ですよ。まるで夢や幻だったみたいに、島民たちは忽然《こつぜん》と姿を消していた。生活していた痕跡さえも、建物以外、残ってはいませんでしたよ」

警察と島中をまわってみたけれど、誰ひとりとして発見することはできなかった。

「それって……まさか、あの出来事は現実じゃなかった？」

「と、思いたくなるくらいの消えっぷりでしたね。警察にも、夢でも見ていたのではないかと言われてしまいましたよ。女影島に人が住んでいたこと自体、何年も前の話だ――なんてことまで言われました。けれど、あれは間違いなく現実でした。これがその証拠です」

そう言うと、ドンッとテーブルの上に酒瓶を置いた。

「それって……もしかして……」

「はい。儀式の際に振る舞われた酒です」

「それ……どこで？」

「島を脱出する際に使った漁船に積まれていました」

これはあの島に人がいた証拠だ。あの島での出来事は事実であるし、大勢の島民たちがいたことだって間違いない。

「あのあたりには女影島以外にもいくつもの島があるそうです。もしかしたら……」

「そのどこかに島民たちや洋介も？」

「……もしかしたらですがね」

けれど、あのあたりまで調べに行くのは骨だ。仕事ならまだしも、確かめたいというだけで行くにはあまりに遠すぎる。

「菅沼くんに関しては、皆月さんの最後の言葉を信じるしかありません。きっと、島民としてみんなと仲よくしていますよ」

悟が洋介とどれだけ仲がよかったのかは知らない。ただ、咲の言葉に「そうですか」と呟いた悟の表情は、どこか寂しそうなものだった。

「さぁ、飲みますよ。ほら……せっかくの退院祝いなのですから」

なんだか元気づけたくなってしまう。悟に新しいビール缶を差し出した。それと同時に、咲自身も「まぁ、我慢すれば大丈夫でしょう」と言い聞かせ、自分も新しい缶を開けた。せっかくの祝いなのだ。酒をセーブするのはもったいない――そんなことを考えてしまう時点で、すでに咲も酔っていた。

結果――。

（熱いですね）

身体が熱くなってきた。ジンジンという疼きも感じる。

そんな肉体の変化を感じつつ、チラッと悟を見る。酒を飲んで機嫌よさそうな顔をしている彼の身体つきは相変わらず細い。入院していたせいで、これまで以上に痩せているようにも見える。やはり、咲のタイプではない。

(しかも……童貞ですしね)

童貞とはしたくない。

だから、我慢だ——と、自分に言い聞かせるのだけれど、酒を飲めば飲むほど、ムラムラはどんどん大きくなった。

「ひとつ……聞かせてもらっていいですか?」

疼きを感じながら、悟に問いかける。

「なにをっすか?」

「……刺されたときの話です。あのとき、九條くんは私の身代わりになってくれました。ナイフは鋭かった。今回は奇跡的に内臓をはずれていたから助かりましたが、本当に死んでいてもおかしくなかった。怖くはなかったのですか?」

悟をまっすぐ見つめて尋ねる。

「怖かったですよ」

あっさりと頷いた。

「ただ、その……自分が死ぬかもって怖さはなかったです。まぁ、その……死んじゃうかもなぁとは思ってましたが」

「……では、いったいなにが怖かったのですか？」

「決まってるっす。雨宮さんが死んじゃうことですよ。あのとき、ナイフを見て……雨宮さんが殺されるって思ったんっす。とたんにそれが滅茶苦茶怖くなった。守らなくちゃって思ったんっす。絶対に殺させなんかしないって」

「自分が死ぬかもとわかっていたのに？」

死の可能性を自覚していたのに、他人の身代わりになった。どうしてそのような行動ができたのかが理解できない。

「簡単なことですよ。僕にはそれだけ雨宮さんが大切なんです。だって、その……僕……僕は……」

そこで一度、悟は言葉を切る。これ以上つづけるべきか迷うような表情だ。

だが、しばらく黙りこんだあと、やがて悟は意を決したように一度大きく息を吸ったかと思うと――。

「雨宮さんのことが好きだから。はじめて会ったときに、ひとめ惚れしてからずっと、ホントに雨宮さんのことが好きなんです。自分が死ぬかもしれなくても、守りたくなるくらいに……雨宮さんが傷つく姿なんて絶対見たくなかった。だから……あのとき……」

まっすぐこちらの目を見つめながら、素直な気持ちをぶつけてきた。

「……そうですか」

悟のその言葉を嚙みしめるように、小さく呟く。

そのあと、ビール缶を持ったまま、咲はしばらく黙りこんだ。

事務所内に沈黙が広がる。聞こえるのは時計の針の音だけだ。

「えっと、あの……その……」

沈黙に耐えられなくなったのか、悟が困ったような顔で口を開く。

そんな姿に咲は、フッと口もとをゆるめて笑うと、島の地酒がたっぷり入っている例の酒瓶を開け、ふたつのグラスに注いだ。そのうちひとつを悟へと渡す。

「雨宮さん？」

「……申しわけありませんが、私は特定の恋人を持つつもりはありません」

「えっ……あっ……そうですか……」

目に見えて、悟はガッカリする。

「まぁ、そうガッカリしないでください。恋人を作るつもりは、今はありませんが、今後もないとは限らない。本当にこの人とならつき合っていいと思えるような……思わせてくれるような男性が現れたのなら、私はその人のものになるつもりですよ」

悟を見つめながら、パチッとウインクをしつつ「言葉の意味——わかりますね？」と、イタズラっ子みたいな表情で告げた。

その言葉に悟は一瞬わけがわからないといった表情を浮かべる。だが、やがて真剣な表情になったかと思うと「はいっ！」と頷くとともに、グラスの酒を飲みほした。

彼のそうした反応により笑みを深めつつ、咲も酒をあおる。

（やっぱり、このお酒……おいしいですね）

身体にアルコールが染みわたる感覚がたまらない。しっかり味わいつつ、グラスが空になるまで酒を流しこんだ。

飲み終わったとたん、全身がより熱く火照りはじめる。

「雨宮さん……咲さん……」

同じような昂りを悟も感じているのだろう。フーフーと鼻息を荒くしつつ、こちらの身体を舐めまわすような視線を向けた。股間部はズボンの上からでもはっきりとわかるほどに勃起している。

「……童貞とは本来なら絶対しないのですけどね。ですが、今日は退院祝いです」

肉棒のふくらみを見ているだけで、疼きが大きくなる。秘部がクパッと開き、愛液が溢れるのがわかった。まだなにもしていないというのに、肌も紅潮する。全身から女の発情香が立ちのぼるのが自分でもよくわかった。

劣情に全身が包まれていくのを感じつつ、自分から悟へと唇をよせると「んっちゅ」とキスをした。もちろん、それは一度だけでは終わらない。何度も何度も口づけをくり返す。チユッチユッチユッという音色を室内中に響かせた。そのうえで悟の口腔に舌を挿しこみ、ねっとりと蠢かせる。強く唇を押しつけながら、口内をグチュグチュとかき混ぜた。

「んんんっ！　むっちゅる……んちゅるぅ……んっふ、はふぅぅ……」

唾液と唾液を交換するほどの濃厚なキスをつづける。同時に、悟の下半身に手を伸ばすと、ズボンの上から肉棒を擦りあげた。島に行く前に同じことをしたときは、これだけで簡単に射精してしまった。だが、今回は達しない。悟は必死に我慢しているようだ。

（かわいいですね）

なんだか愛おしさのようなものを感じ、もっと強い快感を刻んでやりたくなる。わきあがる思いには逆らわない。口づけをつづけたままベルトに手をかけると、器用にそれをはずし、ズボンを下着ごと脱がせた。ガチガチに勃起した肉棒が、跳ねあがるように、露になる。三島のものと比べると、多少小さなペニスだ。それでも、大きく開いたカリ首や、血管を浮かびあがらせる肉茎はとても男らしい。ズボン越しに少し刺激しただけだというのに、肉先はすでに先走り汁でグチョグチョになっていた。

濡れた肉棒を躊躇なく握りしめる。手のひらに熱いペニスとヌルついた汁の感触が伝わった。ドクッドクッドクッという肉茎の脈動を手のひらに感じていると、咲の興奮もより高まる。先走り汁の量に比例するかのように、秘部からはきっと愛液が分泌されていることだろう。

自身のそうした肉体の変化を感じつつ、肉棒を扱く。手の動きに合わせて、グチュッグチュッグチュッという淫猥な音色が響きわたった。数度扱くと、それだけで亀頭はより大きくふくれあがる。射精したい。早く熱いものを解き放ちたいとでも言うように、亀頭がパンパンに膨張していた。

「射精したいですか？」

一度、唇を離して問う。

「したい……です」

今にも泣き出しそうな顔で、悟は頷いた。

「どこにしたいですか。どこで出したいですか?」

耳たぶを舐めながら、囁くように尋ねる。

「中に……咲さんの中で出したいです」

はっきりと自身の欲望を口にした。

「いいですよ。なら……私の中にたっぷり注いでくださいね」

咲だって欲しい。膣の中に熱いものを流しこんでほしい――わきあがる欲望の赴くままにパンツとショーツを脱ぎ捨て、下半身を剝き出しにした。花弁はすでにぱっくり開いている。のぞき見えるピンク色の肉襞は、溢れ出した愛液でグチョグチョに濡れていた。膣口は肉棒を求めて呼吸するように開閉をくり返している。

「それじゃあ、九條くんの童貞……純潔、私に捧げてもらいますよ」

来客用のソファに座る悟に跨った。肉棒に手を添え、先端部の位置を調整する。そのまま対面座位のかたちで腰を下ろしていき、亀頭にグチュッと花弁を密着させた。

「うくうっ!」

亀頭にヒダヒダを吸いつかせたとたん、悟は全身を激しく打ち震わせた。肉棒の脈動も大きくなる。たぶん、射精しそうになったのだろう。それでも彼はまだ出さない。

必死に我慢している。

「ふふ、がんばりますね……そういうの、男らしいですよ」

囁きながら「んちゅっ」と改めてキスをした。同時に、さらに腰を落とす。蜜壺全体で、悟の肉棒を咥えていった。

(ああ……入ってくる、おち×ちんが……)

膣道が拡張される。肉棒の形に蜜壺が変えられていく。

(好き……この感覚……本当に好きです)

うっとりと目を細めて「んっふ……ふぅう」と、重ね合った唇の間から熱い吐息を漏らしながら、一気に根元までペニスを呑みこんだ。亀頭部に子宮口でキスをする。

「あ、うぁああ!」

とたんに悟は悲鳴をあげたかと思うと、ついに我慢も限界に至ってしまったらしく、ドビュッドビュッドビュッと、子宮に向かって多量の白濁液を撃ち放った。

「はっあ! あああ……熱い……これ、出てる! あああ……熱いのが中に……んっく! ああ……い、いいっ! これ……いい……ですよ! あっあっ……はぁああああっ」

子宮に熱汁が染みこむ感覚が最高に心地いい。島の酒に含まれた媚薬によって最高に昂っていたおかげもあり、軽くだが、射精を受けただけで咲も達した。

「中出し……とても気持ちいいですよ。ですが、これくらいでは、まだ満足できません。もっともっと……私を気持ちよくしてください。できますよね？」

しかし、足りない。より強い快感を刻んでほしいと思ってしまう。肉体はまだまだ性感を求めている。

「わかってます。僕だって……こんなくらいじゃ満足できません。もっと気持ちよくなりたいです。咲さんを僕ので……感じさせたいです」

言葉だけではない。肉体でも応えるように、膣の中にある肉棒をビクビクと震わせた。射精したばかりだというのに、ペニスはまるで萎えていない。それどころか、さらに大きくなっている。

「あああ……伝わってきます。九條くんのち×ぽの熱さが、硬さが……これをもっと……私に刻んでくださいね」

「そのつもりです。咲さんに僕を刻む。僕を忘れられないようにしてみせます！」

頷くとともに、悟は子宮を突きあげるように腰を振りはじめた。膨張した亀頭で、精液に満たされた子宮口を、ノックするようにたたいてくる。身体が上下に揺さぶられるほどの激しい攻めだ。

そんな攻めに「ああ！　いいっ！　いいっ」と、躊躇うことなく快感を訴えながら、咲はギュッと強く悟を抱きしめ、改めて口づけをした。

探偵とその助手の夜は、まだまだはじまったばかりだった……。

巨乳女探偵物語《きょにゅうおんなたんていものがたり》 孤島の秘祭《ことうのひさい》

二〇二一年十月十日 初版発行

著者◉上田ながの【うえだ・ながの】

発行◉マドンナ社
発売◉二見書房
東京都千代田区神田三崎町二‐一八‐一一
電話 〇三‐三五一五‐二三一一(代表)
郵便振替 〇〇一七〇‐四‐二六三九

印刷◉株式会社堀内印刷所 製本◉株式会社村上製本所 落丁・乱丁本はお取替えいたします。定価は、カバーに表示してあります。
ISBN978-4-576-21144-2 ◉Printed in Japan ◉©N. Ueda 2021